JN306803

御庭番宰領5

大久保智弘

時代小説

二見時代小説文庫

目次

無の剣——御庭番宰領5

月やあらぬ

一

「気をつけた方がいいぜ」

いきなり目明かしの駒蔵《こまぞう》からそう言われても、陽あたりのいい濡れ縁で、のんびりと剃刀《かみそり》を遣《つか》っていた鵜飼《うかい》兵馬《ひょうま》には、何のことなのか見当がつかなかった。

「ん？」

久しぶりに無精髭を剃り落とした兵馬は、お艶《えん》が仕立て直した濃紺の小袖を着て、いつになくこざっぱりとしている。

兵馬は懐紙を出して剃刀の刃を拭うと、血相を変えて飛び込んできた駒蔵を、いまさら何を言っているのか、と涼しげな眼で見返した。

奥州白河藩江戸屋敷での一件以来、兵馬は本所入江町にある始末屋お艶のところで厄介《やっかい》になっている（既刊④『秘花伝』参照）。

さし当たって住むところのない兵馬は、いつまでもあたしの家にいてくださいな、とお艶に引き留められるまま、心ならずも始末屋の居候になっているのだ。

「おめえさん、いってえ何をやらかしたんでえ」

のんびりと顎など撫でている兵馬を見て、駒蔵は不満そうに鼻を鳴らした。

「人の恨みを買うとか、御法度《ごはっと》に触れるようなことを、しでかした覚えはねえのかい」

言われて兵馬は苦笑した。

「さあ、どうかな。こちらで覚えはないと言っても、先方がどう思っているかはわからぬでな」

あれからもう十数年になろうか。

御前試合で挑戦者を撲殺した責めを負い、脱藩して江戸に出た兵馬は、今日まで賭《と》場《ば》の用心棒をして食いつないできた。

賭場で痛いめにあわせた渡世人どもから、恨みを受けていないはずはない。

それも駒蔵が開いていた賭場での話ではないか、と兵馬はいっぱしの目明かし面《つら》をしているこの男をからかいたくなる。

「もし恨みを受けるとしたら、わたしよりも駒蔵の方ではないかな」

駒蔵は腰に付けていた手拭いで額の汗を拭きながら、いかにも焦《じ》れったそうに、

「知らねえのかい。おめえさんは、お尋ね者になっているんだぜ」

まるで丁手人を見るような厳しい眼をして言った。

「おめえさんを捜しているのは、どこかの藩に勤めているらしいさむれえだというぜ。何か思いあたることはねえのかい」

武士が相手なら、賭場の恨みではなく、隠密御用にかかわることか。

「ならば、町方《まちかた》の出る幕ではあるまい」

兵馬はわざと冷たく言い放った。

表向きは賭場の用心棒で食いつないでいるが、兵馬は将軍家に直属する御庭番の宰《さい》領《りょう》として、影の仕事にかかわってきた。

これは御政道の機密に類することなので、以前から長い付き合いのある駒蔵にも隠している。

駒蔵は唐獅子のような鼻を勢いよく膨《ふく》らまして、

「そんな言い方はねえだろう。なにも、おめえさんを取り調べよう、ってわけじゃあ

ねえ。ただ、気をつけた方がいい、と親切に教えてやっているだけじゃあねえか」

どうやら気の短い駒蔵を怒らせてしまったらしい。

「実は、あっしも気になっていたんですがね」

駒蔵の怒声を聞きつけて、おそるおそる縁先まで出てきた始末屋の若い衆が、揉み手をしながら遠慮がちに口を挟んだ。

すれっからしの女郎にまで人気のある色男の浅吉《あさきち》だった。

「親分がおっしゃるのは、両国橋のたもとで、鵜飼の旦那を捜しているという若侍のことでござんしょう。どうやら敵《かたき》持ちらしいと、遊び人や野次馬どもも、恐れて近づかねえと聞いておりますが」

わざとらしい浅吉の追従《ついしょう》に、膨れ面をしていた駒蔵は、ころりと機嫌を直して、

「そうだ、そのことだ。おい、若え衆、おめえも知っているのかい。なんでも若くてキリッとしたさむれえが、両国橋に陣取って、鵜飼兵馬を名指しで捜しているということだ」

気のない兵馬を睨みつけながら、脅すように言った。

「ひょっとしたらおめえさんを、親の敵とつけ狙っているのかもしれねえ。あるいはおめえさん、どこかで藩がらみの追っ手を受けるようなことをしでかしたのかい。ど

っちにしても、用心するに越したことはねえぜ」

それでは、脱藩者を追ってきた刺客のたぐいか。

「まさか……」

兵馬が弓月《ゆづき》藩を出奔《しゅっぽん》したのは、すでに十数年前のことになる。

「いまさら、それはあるまい」

と思ったが、あの深い山襞に囲まれた偏狭な小藩では、まんざら考えられないことでもなかった。

「ひょっとしたら」

弓月藩に政変でもあったのかもしれない、と思って兵馬が考え込むと、駒蔵は意地悪くにやにやと笑って、

「そら、見ねえ。身に覚えのねえことだとは言わせねえぜ」

たちまち下手人を捕らえた目明かしの眼になって、兵馬の顔をぎょろりと睨んだ。

「いや、そういうことではない」

弓月藩の執政、魚沼帯刀《うおぬまたてわき》とのあいだには密約があって、兵馬の版籍はまだ残されたままになっているはずだった。

兵馬は藩の密命を帯びて、江戸に遊学中ということになっている。脱藩者として刺

客を送られる謂《い》われはない。

しかし、もし魚沼帯刀が失脚したとしたら、あの癇癖《かんぺき》を病んでいる藩主、松平伊予守《まつだいらいよのかみ》の他には、兵馬と交わした密約を知る者はいなくなる。

伊予守さまはわたしを憎んでおられる、と兵馬は思った。

剣術指南役を勤めていた兵馬の剣技を利用して、藩祖以来の機密を守ろうとしたが、遺恨試合を口実に弓月領内に乗り込んできた幕閣の密使を、たとえ果たし合いとはいえ、頭蓋の真っ向から打ち砕いてしまったことに、嫌悪感を抱いているのではないか(既刊①『孤剣、闇を翔ける』参照)。

これまで伊予守と兵馬の仲を取り持ってきた魚沼帯刀が、もし失脚して政権の座を追われたとしたら、そのあたりの事情を知らない藩政の簒奪者は、兵馬との密約を反故《ほご》にして、刺客を送り込んでこないともかぎらない。

「どんな事情があるかは知らねえが、ほとぼりの冷めるまでは両国橋には近づかねえ方が身のためだ。へたに刃傷《にんじょう》沙汰でも起こされたりしちゃあ、御上《かみ》から十手《じって》を預かっているあっしの立場上、おめえさんにお縄をかけなけりゃあならなくなる。そいつは願えさげだぜ」

勢い込んで言うだけ言うと、駒蔵はさすがに喉が渇いたのか、浅吉が差し出した大ぶりの湯飲みを、ぐっと一息に飲み干した。

「ぷっふぅぅい。こいつは酒じゃあねぇか。おい、若え衆。おめえはケチな始末屋にはめずらしく、やけに気の利く野郎だぜ。こんなちんけなところに埋もれていたんじゃあ勿体《もったい》ねえ。どうだ、ひとつ商売替えをして、この駒蔵さまの下っ引きにでもならねえか」

駒蔵が酒臭い息を吐きながら、口から出まかせに誘いかけると、

「おやおや、とんだご挨拶だねえ」

つややかな黒髪を揚巻にした始末屋お艶が、めずらしく愛嬌たっぷりな笑みを浮かべながら、濡れ縁の陽だまりに顔を出した。

「おっと、聞かれてしまったかい。それにしてもお艶姐さん、近頃はやけに御機嫌だな。よっぽどいいことでもあるんだろう」

いつもは苦手にしているお艶に、なぜか駒蔵はからかうような口を利いている。

「親分、よけいなことは言わねえ方がいいですぜ」

いまにお艶姐御が怒りだすのではないかと心配して、浅吉は背後からそっと駒蔵の袖を引いた。

お艶が嬉しそうにしている理由はわかっている。

姐御は鵜飼の旦那にぞっこんだからな、と浅吉は内心では舌打ちしていた。

こんな浪人者のどこがいいんだか、姐御の考えることはさっぱりわからねえ、と居候の兵馬に反発しているのは、浅吉もお艶に気があるからで、人並み以上に目端《めはし》の利くこの男が、割の合わない始末屋の仕事などを手伝っているのも、お艶姐御にあれこれと命令されるのが嬉しいからだ。

それなのに姐御ときたら、と色男の浅吉は憤懣やるかたない。

宿なしの浪人者に、夜なべまでして仕立て直した濃紺の小袖を着せて、いい男っぷりだねえ、などと言って喜んでいるんだから世話はない。

お艶は浅吉の屈折などには頓着せず、駒蔵のからかいを軽くいなした。

「最近は始末屋もすっかり暇になりましてね。おかげでのんびりとできるんですよ。岡場所でめんどうが起こらないっていうのは、人々の気持ちがおだやかになったせいかしら」

だから機嫌がいいのさ、とお艶は言いたいらしかった。

「そいつはどうかな」

駒蔵はすかさず半畳を入れた。

「だからといって、つまらねえ小悪党や、下手人の数が減ったわけじゃあねえぜ。岡場所が暇になった分だけ、あっしらの方ではかえっていそがしくなったと思いねえ。岡場所でめんどうが起こらなくなったのは、御上のお達しが厳しいからよ」

二

天明九年はわずか二十四日で終わり、正月の二十五日には寛政と改元された。

前年の春に将軍補佐となった老中首座の松平定信《まつだいらさだのぶ》は、長年にわたって田沼意次《たぬまおきつぐ》の政権を支えてきた大老井伊直幸《いいなおひで》、若年寄の酒井忠香《さかいただか》、老中水野忠友《みずのただとも》、おなじく老中の松井康福《まついやすよし》、若年寄の奥平忠福《おくだいらただよし》を次々と罷免した。

代わって盟友の本多忠壽《ほんだただかず》を若年寄に、大河内信明《おおこうちのぶあきら》を側用人に推挙し、青山幸完《あおやまよしさだ》を若年寄、さらに側用人の大河内信明を老中に進め、若年寄の本多忠壽を側用人に、京《きょう》極高久《ごくたかひさ》を若年寄に据えるなど、幕閣の中枢となる人事を、すべて自派の諸侯に入れ替えている。

それが天明八年に行われたゆるやかな政変だが、年が明けて寛政と改元してからは、一気呵成に幕政の改革に取りかかった。

三月には早くも奢侈《しゃし》禁止令が出されたが、五月になるとより具体的に、町人および遊里、芝居に対して、衣服その他の奢侈を禁止し、茶屋女、湯女《ゆな》などに対する禁令を申し渡して、奢侈に流れた田沼時代の揺り返しが始まっていた。

入江町の始末屋が暇になったのはそのためだが、もちろん色町の女侠客にすぎないお艶には、幕府の政変など知りようがなかった。

そこは十手持ちの駒蔵にしたところで似たようなもので、たかが町方の目明かし風《ふ》情《ぜい》に、幕閣の入れ替えによる政変のゆくえなどわかるはずはない。

おかげで暇になったんですよ、などと強がっているが、遊里で引き起こされるめんどうごとこそ減ったものの、仕事にあぶれて食えなくなった女郎たちの世話に追われて、このところお艶はてんてこ舞いをしている。

客を取れなくなった女郎にできる仕事など皆無だった。

「だからよ。暇になったなんて言って、喜んでいる場合じゃあねえんだぜ」

駒蔵は訳知り顔をして言ったが、これから御政道がどう転がってゆくのか、なにひとつとしてわかっているわけではなかった。

「さようでござんすか。あれほど賑わっていた岡場所に、さっぱり人が集まらなくなったということは、その分だけどこかで犯罪が増えているってことかもしれませんね」

浅吉は何を納得したのか、ぽんと膝を叩いて、すぐに駒蔵の肩を持った。

「まったく、御上のなさることはわけがわからねえ」

駒蔵はいまいましそうに舌打ちしたが、ふと思い出したように、

「そう言えば、先生。いまの御老中とはお知りあいじゃあねえんですかい」

これまでのぞんざいな口調をにわかに改めて、むっつりとして黙り込んでいる兵馬の顔をまじまじと見た。

「おぬしたちと同じさ。いまをときめく老中に面識などない」

兵馬はめんどう臭そうに言ったが、濃い闇が領していた白河藩邸で、老中首座の松平越中守定信から、親しく声をかけられているらしい。

影同心と恐れられていた微塵流の遣い手、赤沼三樹三郎《あかぬまみきさぶろう》を斬ったとき、みごとな腕じゃ、このまま埋もれさせておくのは惜しい、と声をかけてきた上品な武士が、実は御老中であった、と後になって倉地文左衛門《くらちぶんざえもん》から聞いている。

しかし、それだけのことだ。

御足労であった、一献さしあげたいが、と言う白河藩留守居役の誘いを断って、あのとき兵馬は、鉛のような重い足どりで、ひとり暗い藩邸から脱け出てきた。

人を斬って、酒など飲めるか、という鬱然《うつぜん》とした思いに駆られて、濃い闇の垂れ込

めた白河藩邸から、一刻も早く逃れたかったのだ。

いずれ呼び出しがあるであろう、と倉地は気を持たせるようなことを言ったが、御庭番宰領として影の仕事にかかわってきた兵馬が、ふたたび表の世界に返り咲くことはないだろう。

不思議なことだ、と兵馬は思う。

倉地文左衛門の口ぶりでは、老中は兵馬の腕を惜しんで、やがては幕臣に取り立ててやろうと思っているらしい。

あるいは奥州白河藩士として、召し抱えようということかもしれないが、いずれにしても、尾羽《おは》打ち枯らしている鵜飼兵馬を、拾ってやろうというわけだろう。

しばらく前の兵馬なら、喜んで飛びついたにちがいないようなうまい話だ。

そのような機会はこれから二度と訪れないだろうことはわかっている。

しかしいまの兵馬には、すなおに喜ぶことができなかった。

武士の暮らしがどれほどのものか、という反骨心がむらむらと湧いてくる。

藩の俸禄を離れてからすでに十数年、気ままな下町の暮らしに、なじみすぎたのかもしれぬ、と思ったが、それだけではなかった。

越中守に仕えるというのは、あの赤沼三樹三郎のように、藩のために都合よく使役されることか。

微塵流の遣い手と言われたあの男は、すでに瀕死の状態にありながら、武士らしく斬られようとして、死にもの狂いで剣をふるったのだ、と兵馬は思っている（既刊④『秘花伝』参照）。

血だまりの中にたおれた三樹三郎の片頰に、何故か死微笑が浮かんでいたのが、いまも鮮明に思い出される。

残虐な影の仕事を請け負ってきたあの男にとって、尋常な立ち合いで斬られることが、安穏を得るために必要な唯一の儀式だったのかもしれない。

影同心と呼ばれていた赤沼三樹三郎や、同じく天流の遣い手、青垣清十郎《あおがきせいじゅうろう》の運命を見ていると、いまの世で剣のみに生きた男たちの悲惨さが身に沁みる。

あの男たちは、一対《つい》の合わせ鏡のようなものであったかもしれぬ、と兵馬は思い、以前にはあれほど念じていた仕官への思いが、にわかに薄れてゆくのを感じている。

孤剣を頼りに俸禄を得て、国元から妻の香織《かおり》を呼び寄せようという夢も、叶わなくなったからかもしれぬ、とも思う。

二世《にせ》を契《ちぎ》った夫婦の縁《えにし》も、三年にわたって音沙汰がなければ、おのずから切れるという古来からのしきたりもある。

あらたまの年の三とせを待ちわびて
ただ今宵こそ新枕すれ

女は仕官を求めて都に出た男の帰りを待ちわびていたが、なんの音沙汰もないまま三年の月日が過ぎ、今夜は新たに言い寄ってきた男を臥所《ふしど》に迎える、という『伊勢物語』の歌だ。あてもなく男を待ち続けた女の切ない思いが伝わってくる。

しかし、わたしの場合は、と兵馬は苦々しい思いで自嘲せざるを得ない。

いつのまにか十数年が過ぎてしまっている。

それに、と兵馬はあらためて思った。

香織はもはやわたしの妻ではないのだ。

弓月領を出奔したとき、兵馬は妻にあてて三くだり半の離縁状を書いてきた。

いずくなりとも再縁くるしからず候、と書いたのは、まだ若く美しい香織を、いたずらに束縛したくなかったからだが、江戸に出た兵馬があれこれと仕官を求めたのも、いつかは暮らしが立つほどの俸禄を得て、郷里に残してきた妻を呼び寄せよう、という思いがあったからだろう。

しかし、あてもなく江戸に流れてきた脱藩者に、まともな仕官など思いもよらず、賭場の用心棒をして日銭を稼ぐようになってからは、荒っぽい博徒相手の殺伐とした日々に明け暮れて、いつしか郷里に残してきた妻の記憶も薄れがちになった。

江戸で知り合ったはかなげな美女、お蔦《つた》とのその日暮らしは、郷里への思いをはるか遠くに押しやり（既刊②『水妖伝』参照）、その後は、まるで異界でも覗き見るようにして、妖しい結界に生きる女たちの暮らしに触れあったこともある（既刊③『吉原宵心中』参照）。

郷里に置き捨ててきた妻の香織が再婚して、すでに新之介《しんのすけ》という子までいると知ったのは、兵馬が弓月藩を出奔してから八年目のことだった。

それから数年して、ひさびさに遠国御用を命じられ、御庭番の倉地文左衛門と組んで弓月藩領に潜入した兵馬は、隠密狩りに追われて迷い込んだ廃屋の暗闇で、人妻となった香織と不思議な再会をしている（既刊①『孤剣、闇を翔ける』参照）。

あれは夢か、といまでも思うのは、まさか香織が兵馬を待っていようなどとは、思いもよらなかったからだ。

そして、御庭番倉地文左衛門の宰領となって、江戸市中の隠密見廻りをしていると き、たまたま知ることになった女侠客のお艶。

兵馬が武家奉公に熱心でないのは、気っぷのよいお艶の世話になっているあいだに、ようやく下町の暮らしにもなじんできたからかもしれない。

さむれえなんか、いいかげんにやめてしまったらどうなんです、と兵馬とは長い付き合いのある目明かしの駒蔵も言う。

どうもその、おめえさんの、いかにもさむれえらしい気取ったところが鼻についていけねえ、と悪口を言うが、さむらい嫌いを標榜している駒蔵には、いざとなると兵馬の剣を頼りにしているような虫のよさがある。

月やあらぬ春や昔の春ならぬ
わが身ひとつはもとの身にして

いつのまにか過ぎ去ってしまった歳月のことを考えると、さすがに無骨者の兵馬にも、『伊勢物語』に書かれている昔男の心情がわからないでもなかった。

「なんでえ、そいつは?」

兵馬が「春や昔の春ならぬ」と思わず呟《つぶや》いたのを聞きつけて、先ほどから苛々《いらいら》していた駒蔵が八つ当たり気味に食らいついてきた。

「まずは駒蔵とは無縁のものだ」

素っ気ない兵馬の返事に、駒蔵はとうとう疳の虫を抑えかねて、

「いいですかい。当分はここを動かねえ方がいいぜ。つまらねえいざこざに巻き込まれて、これ以上いそがしくなった日にゃあ、こちとらの身がいくつあっても間に合わねえということさ」

浅吉が持ってきた酒壺を、乱暴に引ったくると、一息にぐいぐいと飲み干して、

「おい、若え衆。この先生がふらふらと出歩かねえように、しっかり見張っているんだぜ。めんどうさえ起こさなけりゃあ、多少のことは眼をつむってやってもいい。これから御政道はますます厳しくなる。女郎たち相手の始末屋なんて商売も、いずれは御禁制になるかもしれねえのだぜ。おそらくこれからは、御上の目こぼしを期待することもできねえだろうな」

浅吉に言うというよりも、そこにいる始末屋お艶に当てつけるかのように、大声で怒鳴り散らした。

駒蔵は言いたいだけ言うと、急に何かを思い出したのか、

「それじゃあ、ごめんなすって」

ひょいと小腰を屈めて兵馬に挨拶したが、縁側に座っているお艶を気にして、横目

でちらっと見ただけで、あとは何も言わずに走り去った。

「あいかわらず、あわただしい男だな」

駒蔵の後ろ姿を見送っていた兵馬が、思わず苦笑すると、

「でも、気をつけてくださいね。日頃から忙しい忙しいと口癖にしている駒蔵親分が、わざわざ出向いてくるからには、きっと根も葉もない噂ではありませんよ」

いつもは気丈なお艶が、めずらしく心配そうな顔色をしている。

そこには兵馬の過去に触れることへの禁忌もはたらいているらしい。

見かねた浅吉はその場を取り持つように、

「あっしもその噂は聞いていますが、なんでも鵜飼の旦那を捜しているという若い侍は、毎日のように両国橋に来ているという話ですぜ」

この図々しい居候の浪人者には、多少のおどしは必要だと思っているらしい。

「ともかく、ここは駒蔵親分の言うことを聞いておいた方が無難ですぜ」

浅吉はお艶姐御を気遣って、しつこいほどに念を押した。

三

それでも兵馬は両国に行った。

兵馬を捜しているという若い武士が、駒蔵の言うように危険な相手かどうか、この眼で確かめようと思ったのだ。

賭場の恨みか、試合の遺恨か、隠密御用にかかわることか、あるいは脱藩者を追ってきた刺客のたぐいか。

いずれにしても、逃げてどうなるものではない。

こうなれば受けて立つまで、と兵馬はいささか挑戦的な気分になっている。

しかし、よほど駒蔵のおどしが利いたのか、お艶と浅吉の監視がにわかに厳しくなって、兵馬が外へ出ようとすると、どちらへお出かけですか、と必ず声をかけてくる。

そのたびに、大袈裟なあくびをして誤魔化すのだが、同じ手がいつも通ずるわけでもなく、わざとらしい遣り方にも厭《あ》きてきた。

兵馬はふらりと外に出た。

入江町から両国橋へゆくには、横川と竪川《たてかわ》が合流して直角に交わっている花町から、竪川に沿ってまっすぐに西へ進めばよいのだが、浅吉は韋駄天《いだてん》の安吉《やすきち》にも事情を話しているらしく、兵馬が入江町から出ようとすると、この男はどこからともなく走り寄って、兵馬の行く手を塞ぎ、

「そちらには行かねえ方がいいですぜ」

と必死な顔をして止めにかかった。

「やけに足のはやい男だな、先ほどまでは始末屋の裏庭にいたであろうに」

若くして剣を学んだ無外流の道場で、走り懸《が》かりの名手、と言われてきた兵馬が驚くほど、安吉の動きは俊敏だった。

「へい。おかげさまで、韋駄天と呼ばれているようなわけで」

場末の岡場所には、たちの悪い遊び人が少なくない。女郎の花代を払わずに逃げようとする連中を追いかけているうちに、おのずから身についた芸だった。

「おいおい。勘弁してくれよ。なにも女郎の食い逃げをしたわけではないぞ」

兵馬が苦笑すると、

「先生を両国橋に近づけてはならねえ、と浅吉のアニキから言われているんでさ。こちらの方面に行くことだけはご勘弁くだせえ」

韋駄天の安吉は泣きだしそうな顔をしている。

兵馬が賭場荒らしに恐れられている凄腕の用心棒で、邪魔をする手合いは容赦なく斬り捨てるという噂が、始末屋の若い衆のあいだに広まっているらしい。

この旦那を怒らせたらとんでもないことになる、と安吉は怯えているのだ。

「困った奴だな。それほど言うなら出歩くのはよそう」

横川に沿って入江町まで戻ったが、兵馬は『時の鐘』の下にある始末屋の門口を素通りし、そのまま北上して長崎町に向かった。

「そちらも方向が違うようで」

どこをどう走ってきたのか、いつのまにか韋駄天の安吉が先回りしていた。

「その先の長崎町に、安くてうまい居酒屋があるのだ。どうだ、ほんの一杯だけでも付き合わぬか」

兵馬はのんきな顔をして安吉を誘った。

いまは文無しだが、あの店なら付けがきくだろう。

「真っ昼間から飲んだりしたら、あとで姐御に叱られますぜ」

「案ずるな。お艶はそれほど了見の狭い女ではない」

渋る韋駄天の安吉を、無理やり縄暖簾《のれん》の中に引きずり込むと、兵馬は薄暗い居酒屋の片隅に陣取って酒杯をあげた。

安吉は諦めて盃を傾けたが、ひと口飲んでみると、これがまた滅法うまい。

「はらわたにキュッと沁みますね」

調子よく飲んでいるうちに、韋駄天の安吉はしだいに呂律《ろれつ》が回らなくなった。足は丈夫でも、あまり酒に強いタチではないらしい。

「うまい酒に酔って眠りに誘われるのは、あたかも極楽に遊ぶような気分であろう。遠慮はいらぬ。ゆっくりと休むがよい」

兵馬は酔っぱらった安吉を介抱して、茣蓙《ござ》を敷いてある片隅に寝かしつけると、

「また来る。あとは頼むぞ」

言い残して居酒屋を出た。

薄暗い屋内から外に出ると、横川の岸辺は光に満ちて、水上を行き交う荷船が、おだやかな河面に白い帆影を映している。

「どうやら、陽の高いうちに両国橋まで出られそうだ」

横川と直角に交わっている南割下水に沿って、兵馬はゆっくりとした足どりで西へ向かった。

軒の低い町家が続いている長崎町、その先に連なる三笠町を過ぎれば、南割下水の両岸は旗本屋敷が軒を並べている殺風景な通りで、鬱蒼とした樹木の影が濃いこの界

隈には、ふだんからあまり人通りがない。

ドブ臭い南割下水の行き止まりには御竹蔵が聳《そび》えている。

御竹蔵に突き当たったところを左に曲がり、長い土塀に沿って南に進むと、ようやく町家の連なる亀沢町に出る。

そこから番所前を右に曲がって、そのまままっすぐに西へ向かえば、江戸の過半を焼き尽くした明暦《めいれき》の大火のとき、猛火に焼かれ大川で溺れた犠牲者を供養している回《え》向院《こう》に出る。

回向院の門前に連なる本所元町まで出れば、参拝客で賑わう表通りの向こうに、武蔵国と下総国をつないでいる両国橋が見える。

橋の手前は火除け地になっていて、いつでも取り壊すことのできる葦簀《よしず》張りの小屋が掛けられている。

銭がなくとも、気軽に楽しめるおででこ芝居、奇想天外な女軽業《かるわざ》、冗談半分の珍奇な見世物、南朝遺臣の活躍する講釈語り、色気が売り物の娘義太夫、下種《しもだね》がかった落語などの小屋掛けが密集し、両国東岸の広小路は、物見高い市井《しせい》の人々でごった返している。

これでは人を捜すどころではない。

たとえ駒蔵の言うことが事実だとしても、このような繁華なところでは、どう転んでも刺客が襲いかかってくるはずはない、と兵馬は思う。

「待ち人来たらずか」

しばらく橋の欄干にもたれて、荷船の行き来している大川（隅田川）の流れを眺めていたが、なんの手掛かりも得られないまま、橋を渡って大川の西岸に出た。

そこはさらに広々とした火除け地で、お城の外堀をなしている神田川に沿って、浅草御門から筋違《すじかい》御門まで、広大な広小路が続いている。

護岸のために植えられた柳は、いずれも一抱えほどもある巨木となって、小粋な女の洗い髪のような、細くて長い柳の葉が、さらさらと川風にそよいでいた。

「率爾《そつじ》ながら……」

いきなり声をかけられてふり向くと、まだ前髪を落としたばかりの若い武士が立っていた。

遠くから兵馬を見かけて、人波を掻き分けながら走ってきたのか、わずかに息を切らしている。

「やはり……」

若い武士の顔がぱっと明るくなった。

「鵜飼さまでございますね」

兵馬は怪訝《けげん》そうに、

「さて、どなたであったか」

どこかで見たような気がするが、咄嗟《とっさ》には思い出せない。

「お見忘れでございますか」

若侍の顔はわずかに曇ったが、

「そなたはたしか……」

兵馬がその名を言いかけたとたんに、はにかんだように笑った。

まだ幼さを残している笑顔には覚えがあった。

「瀬田《せた》……、新之介、どのでござるか」

弓月領に置き捨ててきた妻の香織が、同藩小普請組の瀬田新介《しんすけ》と再婚し、月足らずして生まれたという子どもだった。

四

「そなたは、いつ江戸へ出て来られたのか」

山峡に眠っているかのような、旧弊依然の弓月藩では、藩士が軟弱な江戸の風に染まることを嫌って、滅多なことでは遊学を許さない。

ようやく前髪を落としたばかりの新之介が、江戸に出て来ることができたのは、きわめて異例なことだった。

「今日でちょうど十日になります」

それではまだ西も東もわからないはずだ。

「江戸のしるべとしては、鵜飼さましか思いあたらず、お訪ねしようにもお住まいがわかりません。初めてお目にかかったとき、両国広小路のお話を伺ったことを思い出し、毎日ここに来て、鵜飼さまのおゆくえを尋ねていたのです」

いまから八年前になろうか。初めて遠国御用の旅に出た兵馬は、御庭番倉地文左衛門と落ち合うため、たまたま指定された弓月城下に宿を取ったことがある。

夕暮れの迫る城下で、兵馬はなにものかに引き寄せられるようにして香織と出逢い、当時まだ八歳だった新之介にも会っている（既刊①『孤剣、闇を翔ける』参照）。

あのときのたわいない話を、新之介はまだ覚えていて、そんなわずかな手掛かりから、兵馬のゆくえを捜そうとしていたらしい。

「そなたであったのか」

なんのことはない、駒蔵がさも恐ろしげに、気をつけた方がいいと言い、浅吉が両国の広小路で見たという敵持ちらしい若侍とは、兵馬のゆくえを尋ねていた新之介のことだったのか。

「それにしても、江戸は人の多いところですね。とても捜し当てることはできないだろうと、諦めかけていたのですが……」

新之介は嬉しそうに続けた。

「もう今日かぎりで両国通いはやめよう、と思っていたとき、こうしてお目にかかれたのは、ほんとうに幸いでした。やはり鵜飼さまとの縁《えにし》は切れていなかったのですね」

縁などと言われても、別れた妻との繋がりしかないが、初めて江戸に出てきた新之介が、真っ先に兵馬を尋ねようとしていたと聞くのは意外だった。

「ずいぶんと当てのない捜し方をされたものだ。この江戸で尋ね人を捜し当てるのは、一粒の珠を求めて浜辺で真砂《まさご》を掘り返すようなものだ。弓月藩の城下で知人を訪ねるのとはわけが違う」

お節介焼きの駒蔵が、あれほど大仰《おおぎょう》なことを言わなかったら、兵馬はあえて両国まで来ることもなかっただろう。

「国を出るとき、江戸へ行ったら鵜飼さまを頼れ、と父から言われておりました。どうしてもお目にかかりたかったのです」

さりげない顔をして新之介は言った。

「瀬田どのが？」

兵馬は意外な思いに打たれた。

いまは弓月藩の執政魚沼帯刀のもとで、藩政改革に取り組んでいるという瀬田新介は、月足らずして生まれた新之介が、兵馬の子ではないかと疑っているはずだった。

ほんとうのことを知っている者は、新之介を身籠もり、そして出産した香織しかいない。

しかし、香織は黙して語らず、たぶん真相を知っているはずの瀬田新介もそのことには触れず、生まれた子を新之介と名付け、どこまでもわが子として養育してきた。

ひょっとしたら、医術の心得のある瀬田新介は、香織が兵馬の子を身籠もっていると知って、婚姻を急いだのではないか、と兵馬は思っている。

弓月藩で剣術指南役を勤めていた兵馬は、御前試合で流れ者の武芸者を撃ち殺したことから、癇癖を病んでいる藩主松平伊予守の不興を買った。

兵馬に殺された武芸者は、弓月藩を挑発するために遣わされた幕閣の密使だったのだ。

ことが表沙汰になれば、弓月藩の廃絶にもなりかねない。

しかし、そのあたりの事情は、試合をした当人に知らされておらず、進退に窮した兵馬は妻を離縁して出奔した。

とうぜん脱藩者と見なされていたはずだ。

兵馬には刺客が送られ、家禄は没収、後に残された妻がもし男子を出生すれば、その子は生まれながらにして罪を負わされることは必定《ひつじょう》だった。

医術を内職にしていた瀬田新介は、執刀医として兵馬の父鵜飼兵蔵《へいぞう》の病床を見舞ったとき、一目で香織の懐妊を見破っていたはずだ。

生まれてくる子を救うには、反逆罪に問われる脱藩者の子ではなく、新たに入籍した家の子として育てる他はない、とおそらく新介は思ったにちがいない。

わけもわからずに兵馬から離縁され、途方に暮れていた香織をどう口説《くど》いたのか、瀬田新介は身籠もった香織を妻に迎え、出産した子は月足らずで生まれたことにして、嫡子の出生を藩庁に届け出た。

たぶん、そんなことだろう。

あるいは、と兵馬はさらに思う。

いきなり離縁された香織に、瀬田新介との再縁を勧めたのは、瀬死の床にあった舅《しゅうと》の兵蔵だったのかもしれない。

あの親父ならやりかねない、と思って兵馬は腹の中で苦笑した。

やがて生まれてくる初孫に、脱藩者の子という汚名を背負わせるよりも、学問好きな瀬田新介の子として育てられる方が、身寄りのない嫁女にとっても幸せであろう、と死の床にある親父は余計なことを考えたのだ。

しぐさが美しい、と親父がいつも褒《ほ》めていた香織は、舅にとってはお気に入りの嫁女だったからな、と兵馬は思う。

脱藩した息子の安否よりも、お気に入りの嫁女や、まだ生まれもしない孫の幸せを願って、親父は医術の心得がある瀬田新介との婚姻を望んだのではないか、といまになって思い至り、兵馬は粛然とした気分にならざるを得なかった。

瀕死の重傷を負っていた鵜飼兵蔵は、けなげな嫁の看護や、瀬田新介の手当も虚しく、兵馬が出奔してから数日後には、眠るようにして息絶えたという。

香織は舅の遺言にしたがって、兵馬が残した腹の子を守るために、瀬田新介の妻となったのではないだろうか。

いずれにしても、思わぬ騒動の中で生まれた新之介が、いまは元服して江戸へ出てきたのだ、と思えば感慨もひとしおだった。

あれからすでに十数年を経て、兵馬に残ったのは、

わが身ひとつはもとの身にして

という忸怩《じくじ》たる思いだけだ。

五

「それにしても……」

兵馬は瀬田新介の意中をはかりかねて、

「父上はなんと言われたのかな」

平静をよそおって聞いてみた。

新之介は真面目な顔をして、

「鵜飼さまは、いわば梵鐘のような方《かた》だと申しました」

謎かけのようなことを言う。

「はて？」

兵馬がわずかに首をひねると、新之介はなんの屈託《くったく》もなく、

「強く叩けば強く響き、軽く叩けば軽く響く。情があるようでいて冷たく、冷たいように見えて熱い男だと」

父親の口を借りていると思うからか、言いづらいことも臆せずに言う。

「それは、大いに叩け、という謎かけかな」

兵馬が苦笑すると、

「いいえ、叩くよりも叩かれた方が学ぶべきことは多い、とも申しておりました」

どうやら、新之介はまだ何も知らされてはいないらしい、と兵馬はいくぶんか安堵するような思いだった。

「瀬田どのは、拙者を買いかぶっておられるようだ」

新之介は剣術よりも学問に向いているらしい。剣術しか能のない兵馬から、学ぶべきものなど何もないだろう。

「江戸に出て来られた理由はそれだけではあるまい」

前髪を落としたばかりの新之介が、江戸遊学を許されたのは、その裏に瀬田新介の意志が働いているからにちがいない。

藩政を握っている執政、魚沼帯刀の懐《ふところがたな》刀となり、藩政改革に取り組んでいるという新介の要請がなければ、許されなかった異例の措置だ。

瀬田新八の思惑とはなんだろうか。

まさか、実の父と子が一緒に暮らせるよう、旧弊な弓月藩の慣習を破ってまで、新之介を江戸に送り出したわけでもなかろう。

「広い世間を見て参れ、ということでした」

違うだろう。兵馬の暮らしぶりは世間から逸脱しているはずだが。

「そこでまず訪れたのが拙者のところか」

しがらみを断ち切って生きてきたはずが、いまは別なしがらみに絡《から》め取られている。

それが『世間』というものなら、瀬田の言うことは当たっていなくもない。

新之介はさらに眼を輝かして言った。

「鵜飼さまは風の流れのような方だとも」

つまり風来坊ということか、と兵馬は自嘲《じちょう》せざるを得ない。

「そのせいか、毎日が風のまにまに流離《さすら》う日々で、いまだに住むところもないようなていたらくでな」

冗談めかして言ったが、実のわが子かもしれない新之介に、見苦しいところを見せてしまったのかもしれなかった。

「あっ」

気づいた新之介は赤面し、あわてて打ち消した。

「そのように取られては困ります。鵜飼さまを頼れといっても、住むところまで世話していただきたいと申したわけではありません」

言われて兵馬は気が楽になり、

「江戸に出てまず困るのは住むところだ。いつまでも旅籠《はたご》暮らしをしていては、たちまち路銀も底を突くであろう。そうなれば遊学どころではあるまい。そなたを泊めてやりたいのは山々だが、拙者もさるところに居候をしている身でな」

まさか、わけあって別れた妻が生んだ子を、いまは情婦のような仲になっているお艶の家に泊めるわけにはゆくまい、と兵馬は困惑している。

「ですから、そのような心配はご無用なのです。わたくしは江戸藩邸の勤番長屋に寄宿していますから、当面は江戸の暮らしに困ることはありません」

兵馬は思わず問い返した。

「そなたは藩邸におられるのか」

弓月藩江戸屋敷がある愛宕下《あたごした》は、数年前に脱藩したとき以来、兵馬には長いこと鬼門にあたる方角だった。

「さいわい藩邸には、江戸の事情にくわしい市毛《いちげ》どのがおられて、鵜飼さまのこともよく御存知のようでした」

兵馬はますます驚いて、

「市毛とは、弓月藩の勘定方にいた、あの市毛平太《へいた》のことか」

「やはり鵜飼さまも御存知の方でしたか。それはよかった。鵜飼兵馬を捜すなら両国橋に行け、と教えてくださったのも市毛どのです」

なにがよいものか、と兵馬は憮然たる思いだった。

あの男、江戸遊学などと称していたが、と兵馬は怪訝な顔をした。たまたま遭遇した兵馬にしつこく付きまとい、酒が入ると大言壮語して、たかが勘定方の身で藩政を憂えていた奇妙な男だ。

いずれ藩邸を出て市井に住みたい、などと威勢のよいことを申しておったが、まだ藩邸にいるのだとしたら、新之介にどのようなことを吹き込むかしれず、事と次第によっては、これほど鬱陶しい相手もいない（既刊①『孤剣、闇を翔ける』参照）。

「市毛はまだ藩邸から追い出されてはおらぬのか」

あれは図々しい男だからな、と兵馬は笑いながら付け足した。

「御存知ではなかったのですか」

　こんどは新之介が怪訝な顔をした。

「市毛平太どのは、江戸留守居役を仰せつかっている重職です。藩邸から追い出されるはずがないではありませんか」

　あの男が……、と兵馬は啞然として、しばし物も言えなかった。

　兵馬が脱藩してから、すでに十六年が経過している。

　旧弊依然として、山峡に眠っていたかに見えた弓月藩にも、時の流れに抗しがたく、わずかながらも変化があらわれているのかもしれない。

　旧知の魚沼帯刀が執政となって弓月藩の政権を握り、小普請組から抜擢された瀬田新介が、魚沼のもとで藩政改革に取り組み、うだつの上がらない勘定方にいた市毛平太が、いまは江戸留守居役に任命されているという。

　いつまでも若いつもりでいたわれわれも、どうやらそういう年回りになっているらしい、といまさらのように兵馬は思った。

　なれなれしく近寄ってきた市毛平太を、軽薄なところのある不平分子かと思っていたが、見かけと実体には、かなり隔たりがあったのかもしれない。

　それぞれが藩を背負って生きているわけか。

彼らはいまや時を得ているのだ。

(わが身ひとつはもとの身にして)

と兵馬は慨嘆せざるを得なかった。

ふと気がつくと、河岸の柳にもいつしか夕暮れが迫っている。

「足許もだいぶ暗くなったようだな」

暮れ六つの鐘はとうに鳴って、家路を急ぐ人々が行き交う両国広小路は、はやくも薄墨を流したような暮色に包まれていた。

「思わぬ時をすごした」

日暮れに誘われて川霧が出たのか、大川端の景色は薄ぼんやりとかすんで見える。

「その辺まで送ろう」

兵馬は新之介を促して、弓月藩邸がある愛宕方面に足を向けた。

脱藩して江戸に出て以来、旧藩の者に出遭うことを嫌って、決して足を踏み入れたことのない道筋だった。

これまでの歳月、あえて避ける必要のないことを避けてきたのかもしれぬ、と兵馬はいまになって思う。

新之介は何を考えているのか、無言のまま兵馬の後から歩いてくる。

「…………」

途切れてしまった話のきっかけをつくろうとして、

「今宵はたしか満月のはずだが……」

見上げた空に月の光はなかった。

ただ薄ぼんやりとした光の隈《くま》が、満月が輝いているはずの天空を、わずかに明るませているばかりだった。

春や昔の

一

「おじさま。やっと戻られたのですね。これまでどこにいらっしゃったのです」

恩出井《おんでい》家の姫君は華やかな笑顔を見せた。

兵馬は当惑して、

「このようなところに来られるご身分ではありませんぞ」

またいつものように、遠乗りを口実に本所入江町まで馬を駆けさせ、実直なお守《も》り役を困らせているのだろう。

「すこしは姫君らしくされたらどうか」

叱りつけるように言ったが、湖蘇手《こそで》姫は平気な顔をして、汗まみれになった馬の首を抱いている。

「蛤町にいたころは……」

姫は拗《す》ねるような顔をして笑った。

「わたくしがどこで何をしていても、口出しされることはなかったのに、いまになって口うるさいことを申されますな」

根津権現下に屋敷を構える三千石待遇の旗本、恩出井家の継嗣《あとつぎ》となって、窮屈な姫様修行を強《し》いられている湖蘇手姫は、鬱屈した思いを乗馬で慰めているらしい。

あれからもう八年になる。

遠国御用から帰ってきた兵馬が、お蔦と住んでいた蛤町の裏店《うらだな》に戻ってみると、なぜかそこにお蔦の姿はなく、連れ子の小袖《こそで》だけが一人ぽつんと残されていた（既刊①『孤剣、闇を翔ける』参照）。

やむを得ない成りゆきから、まだ幼かった小袖と一緒に暮らすことになったが、賭場の用心棒をして日銭を稼いでいた兵馬は、親代わりといえるほど小袖の世話をしてきたわけではない。

母親に置き捨てられた小娘は、貧しい裏店に住む気のいい女たちの手で育てられたと言ってよいだろう。

ゆくえ知れずになったお蔦は、実は平将門《たいらのまさかど》の血を引く恩出井家の津多姫《つた》で、因習と恩讐が渦巻く一族のしがらみを逃れて、江戸の巷間に隠れ住んでいた仮の姿だった（既刊②『水妖伝』参照）。

恩出井一族は『水のお頭《かしら》』と呼ばれて霞ヶ浦一帯を支配していた湖族の末裔で、東照神君による江戸開闢《かいびゃく》の頃から、宰地をもたない三千石待遇の旗本として遇されてきた。

遠国御用に出た兵馬が、しばらく江戸を離れているあいだに、一族の者たちから水郷に連れ戻されたお蔦は、伝説の『水妖《すいよう》』として生きる決意をしたが、一方では娘の小袖を兵馬の手元に残すことで、どろどろとした血の因習を断ち切ろうとしたのだ。

津多姫とその許されざる恋の相手が、まるで無理心中のような死を遂げると、恩出井家の血筋を継ぐ者は娘の小袖しかいなくなった。

恩出井家の廃絶を恐れた一族の者たちは、小袖を継嗣《けいし》とすることを幕府に願い出て認可され、武家の娘らしく名を改めた湖蘇手姫に、婿養子を取ることでお家の安泰をはかろうとしている。

町娘として育った湖蘇手姫は、お姫さま暮らしの窮屈さに辟易して、ときどき遠乗りを口実に本所入江町まで馬を駆けさせたが、姫の姿を見失った恩出井屋敷では、そのたびにおろおろして、小娘の気まぐれに翻弄《ほんろう》されている。

困った奴だ、と思いながらも、兵馬はそんな湖蘇手姫に小気味よさを覚えてもいる。

「もう婿どのは決まったのか」

いつのまにか、蛤町の裏店に住んでいた頃の口調に戻っていた。

「決まるものですか」

姫は笑みを絶やさずに言った。

「いつまでも続くものではないぞ」

恩出井家は当主が不在のまま、特別の配慮を以《もっ》て仮の存続を許されているだけにすぎず、もし姫がいつまでも婿を取らなければ、当主を失った家は断絶する他はない。

「わかっています」

姫はにわかに厳しい顔になって唇を噛んだ。

「わたくしひとりの恩出井家でないことは、わかっています。でも、わがままの利くぎりぎりのところまでは、あの者たちにも我慢してもらうつもりです」

いまはわがままを押し通しているこの娘も、結局は死んだ母親と同じ運命をたどることになるのだろうか、と思って兵馬は妙に哀しかった。

あの妖しいまでに美しかった津多姫、いや、蛤町の裏店で暮らしていた色っぽい下町女のお蔦も、囚習を逃れようとして巷間に身を投じながら、みずからを追い込んでゆく他に生き方を知らなかった。

「おじさまはいつも気軽でいいわね」

姫は元の下町娘に戻ったような口の利き方をした。

「宿なしのどこが気楽なものか」

言いながら、これではどちらが年配者かわからんな、と兵馬は思う。

「おじさまは、好んで宿なしになっているだけでしょ。孤剣に託した生き方は、男らしくてすてきよ。でも、おじさまだって、いつまでも若くはないのよ。ほんとうは、もういい歳なんじゃない。この辺で生き方を変えてみたっていいのよ。もしその気があるなら、根津権現下の恩出井屋敷にいらっしゃいよ。いいえ、おじさまを下僕にしようなんて考えてはいないわ。わたくしの後見人、いいえ、大切なお父上として、ずっとずっとお仕えしてもいいわよ」

どこかにまだ幼顔の残っている湖蘇手姫は、思いつくまま無邪気に言うが、そのようなことがまかり通るほど世の中は甘くない、と兵馬は苦々しい思いに陥ってゆく。

「ほんとうよ。あたしのわがままが許されるのは、あとわずかなあいだだけよ。いまでなければ通らないことは、いまのうちにやっておきたいの」

ずいぶん身勝手な言い分だが、それは町娘だった小袖の、悲鳴なのではないか、と兵馬は思った。

二

「小袖ちゃんは、あれでよかったのかしら」

人騒がせな姫が帰ったあと、お艶はしみじみとした口調で言った。

「なんだか痛ましくて……」

お艶は恩出井家に引き取られた湖蘇手姫のことを、いつまでも娘のように思っているらしい。

「ここにいて、末は甲州屋路地の女郎になるか、賭場に出入りして女壺振り師になるよりはましであろう。あの娘《こ》はそれ以外に選ぶ余地がないのだ」

兵馬はわざと冷たく言い放ったが、もちろんお艶の言うことがわからないわけではない。

「そうかしら」

お艶は兵馬の言うことに納得していないらしかった。

「あの子は明るく振る舞っているけど、かなり無理をしているのではないかと思うのよ」

兵馬は慰めるように、

「しかし、わずかな期間で、ずいぶん姫君らしくなってきたではないか」

色町として知られた深川蛤町の裏店で、親もないまま貧苦の中で育ってきた小袖だが、恩出井家に引き取られてからは、大身旗本の姫君らしい気品が備わってきている。

「いまになって芸事を習うくらいなら、せめて三味線や小唄の稽古でもさせておけばよかったのかしら」

小袖が琴や歌の習い事を始めたと聞いて、お艶は旗本のお姫様も深川芸者と同じ技芸を仕込まれるものと思ったらしい。

「しかし、わたしには芸事を習わせる金がなかったのだ」

兵馬はあえてお艶の勘違いを正そうとはしなかった。

「でも、ずいぶんもの覚えがいいみたいね」

お艶はどこまでも小袖ちゃんの湖蘇手姫を贔屓《ひいき》している。

「こちらもお相伴《しょうばん》に与《あずか》っているわけだ」

先日ふと歌の一節《ひとふし》を呟いて、目明かし駒蔵の不興を買った『伊勢物語』は、数日前に訪れた湖蘇手姫が、手土産代わりに置いていった冊子だった。

湖蘇手姫は物語に書かれているほとんどの歌を諳《そら》んじているらしい。

「わたくしにはもう無用のものですから」

と言って置いていったが、恩出井家に伝わる貴重な書籍らしく、流麗な墨跡はもちろんのこと、綺羅摺《きらず》りの挿絵《さしえ》にも王朝風の優雅さがある。

「おばさまが読めば、きっと思いあたることがあると思うわ」

などと小袖は小生意気なことを言っていたが、この古い物語の中には、姫にとって身につまされるような話があったのだろうか。

「駄目よ。あたしには難しい字なんて読めないもの」

お艶は照れ隠しのように笑ったが、始末屋という商売柄、色ごとに関する艶書の読み書きはお手のものだった。

「このような草紙も、面白いものだな」

兵馬は美しく装丁された冊子をぱらぱらと捲っていたが、無粋なこの男にしてはめずらしく、男女の色ごとが書かれている『伊勢物語』に興味を示したようだった。

「よかった。ほんとうは、おじさまに読んでもらいたいと思って、やかまし屋の金大《きんだ》夫《ゆう》には黙って持ち出してきたのよ」

湖蘇手姫は嬉しそうに笑った。

　金大夫というのは、恩手井家の学問指南役を勤める老人で、湖蘇手姫に『論語』『詩経』『書経』を教えたあと、姫には『孟子』や『春秋』は無用でござる、と言って、四角い文字からいきなり崩し文字で書かれた『古今和歌集』『新古今和歌集』に移り、そのついでに『伊勢物語』の講義をしたのだという。

「いちばん面白かったのがその本よ」

　と湖蘇手姫は師匠の金大夫老人には気の毒なことを平然として口にした。

　老人が姫に『伊勢物語』を読ませたのは、『歌道』を講じた付け足しで、まさか道ならぬ恋の手ほどきをする気はなかったのだが、湖蘇手姫が真っ先に諳んじたのは『論語』ではなく、皮肉にも昔男の色ごとを綴ったこの物語だったのだ。

　これが数日前のことで、兵馬は退屈しのぎに思わず全編を読んでしまって、いまはお艶が、始末屋商売の暇を盗むようにして、すこしずつ読み進めているらしい。

「小袖ちゃんも、そろそろ色気づいたのかしら」

　と『伊勢物語』の話が出たついでに、お艶はどこか心配そうに言った。

「さあ、どうかな」

　親代わりの兵馬には、あいかわらず幼く見える湖蘇手姫だが、

「そうかといって、姫がいつまでも婿を取らなければ、恩出井家は廃絶されてしまうかもしれぬのだ。金大夫老の教授法が、四書の中から『大学』『中庸』『孟子』を飛ばし、五経から『易教』『春秋』『礼記』を省いて、いきなり仮名文字の『古今和歌集』に進み、そこから男女の色恋を歌った『伊勢物語』へと転じたのは、姫に早く色気づいてもらわねば困る、と思っているからかもしれぬな」

兵馬は湖蘇手姫の置いていった『伊勢物語』を読んでいるので、そこには微妙な男女の情感が歌いあげられていることを知っている。

どういうつもりで、姫がこの冊子を置いていったのかは知らぬが、と兵馬は言った。

「ある意味では、あぶない話ばかりが集められている読み物だ。ふつうなら、このようなものを武家の娘に読ませはしないのだが、あるいは恩出井家には、姫の婚姻を急がねばならぬ事情が生じたのかもしれぬ」

学問を名目にして男女の情話を読ませることで、姫をその気にさせようと躍起になっているのではないか、と兵馬は思う。

お艶は眉根を寄せて、

「ひどい話じゃありませんか」

古い一族の安泰をはかるために、婿取りを強要されている小袖に同情している。

三

その翌日、倉地文左衛門に呼び出されて大川端（隅田川河岸）までゆくと、政権が変わってから多忙になったと言っていた御庭番は、両国橋の下に陣取って、のんきに釣り糸を垂れていた。

河面には薄く霧がかかって、対岸はわずかにかすんでいたが、川風はいつになく穏やかで、岸辺の葦も激しく揺れることはない。

水辺はるかに見わたせば、遠浅の岸辺に打ち込まれた百本杭が、ゆったりとした水の流れに、黒々とした墓標のような影を落としている。

水の流れが弱まる百本杭は、釣り場としては最適で、苔むした棒杭のあいだには、たくさんの鯉や鮒などが寄り集まって、ときには一抱えもある大物も釣れるという。

兵馬は無言のまま、倉地文左衛門の横にならんで、水面に霧が立ち籠めている大川の流れを眺めた。

倉地は兵馬に気づいていたが、いまは手が離せないという身ぶりをして、自慢の釣り竿をしっかりと握ったまま、水面に垂らした釣り糸の動きを凝視している。

水の中を覗き込むと、腕の太さほどもある銀色の魚が、倉地の下ろした釣り糸の近くを悠々と泳いでいたが、釣り針に付けられた餌には興味がないらしかった。

「ああっ」

魚の動きを見ていた倉地が、世にも情けない声を出した。

銀色に輝いている水中の魚は、倉地の仕掛けた餌を無視して泳いでいたが、いきなりピクッと尾びれで水を蹴ると、次の瞬間には視界から消えた。

倉地はいかにも未練がましく、

「南無三。逃げられたか」

と悔しそうに舌打ちしたが、逃げるも何も、初めから相手にされていない。

兵馬はつい可笑《おか》しくなって、

「また釣りでござるか。よほど暇をもてあましておられるようでござるな」

と皮肉のひとつも言ってみたくなる。

倉地はムッとして、

「おぬしには釣り人の気持ちはわかるまい」

負け惜しみを言っていたが、

「このたびの呼び出しは、御用の筋ではない。しかし御老中に拝謁するのだから、おぬしにとっては、それ以上のものとなるかもしれぬ」

いま思い出したかのように、兵馬を呼び出した理由を説明した。

「それはまた、急のことでござるな」

兵馬は当惑したように言った。

「拙者、衣服といえば着の身着のままで、貴紳にお目通りしようにも、裃《かみしも》の用意もござらぬが」

本音を言えば、わざわざ拝謁したいとも思っていない。

「気にするな。普段着のままでも苦しゅうない、と御老中は申されておる」

それでは正式な仕官というわけではなく、あの赤沼三樹三郎のような、影の仕事を請け負わせるためか、と兵馬はつい邪推してしまう。

「気が進まぬようじゃな」

倉地は察しの悪い男ではない。

「正直に申せば、おぬしがもし御老中の手に加われば、わしは有能な宰領を失うことになって、これからの隠密御用にもさしさわりが出てくる」

どこの誰を宰領にしているかということは、御庭番仲間でもたがいに秘密とされているので、隠密御用における兵馬の働きは、誰一人として知る者はない。

御庭番の働きは宰領次第、と言われているくらいで、兵馬のような腕の立つ宰領を手放したくない、というのが倉地文左衛門の本音だろう。

「しかし、これはおぬしのことだ。それほどの腕を持ちながら、長いこと仕官が叶わなかったおぬしに、ようやく運がめぐってきたのだ」

兵馬の処遇については、倉地も長いこと気にかけてきたが、これまで好機に恵まれなかったことは確かだった。

「わしは私情を捨てて、おぬしの出世を喜ぶべきであろうと思ってな」

倉地はさびしげに笑った。

「御老中に問われて、おぬしを推挙したのだ」

昨日のこと、天守台下の大奥御広敷《おひろしき》に詰めていた倉地は、松平越中守に呼び出されて、赤沼三樹三郎を斬った浪人者のことをつぶさに聞かれたという（既刊④『秘花伝』参照）。

「御老中はあのときの働きを、心に留めておられたのだ」

あのとき闇の中から、兵馬に声をかけてきた気品のある武士は、やはり御老中だったのだ、と倉地は言う。

「斬り手としてのそれがしを、ご所望と申されるのか」

それだったら御免こうむりたい、と兵馬は思う。どのような場合であろうとも、人を斬るということは後味のよいものではない。

「さあ、それはわからぬ」

倉地は困惑した顔で言った。

「おぬしを御老中に推挙した手前、ともかく会ってもらわねば困る。ここはわしの顔を立ててくれぬか」

四

将軍の城に入ったのは初めてだった。

それどころか、これまで近づいたことさえない、と兵馬は思った。

弓月藩を出奔して江戸に出てきた頃は、なぜかはじき返されるような気がして近寄らなかった。

時が経つにつれて、ますます近寄りがたいものに思われたのは、江戸での仕官が思うようにならなかったからかもしれない。

さらに、賭場の用心棒にまで身を落とし、無頼の徒を相手に日銭を稼ぐようになると、わが身とは縁なきものとして避けるようになった。

ふとしたことから倉地文左衛門の知遇を得て、公儀隠密として働く御庭番宰領になってからも、将軍の城はあいかわらず兵馬とは無縁なものでしかなかった。

「そう肩を張らずに歩くがよい。あまり堅苦しく見えては、かえって番屋の役人どもからあらぬ疑いをかけられる。さりげなく、さりげない顔をして通り抜けるのだ」

倉地に言われるまでもなく、平然としているつもりでいても、兵馬はどこか緊張しているらしかった。

「しかし、やはり昔取った杵柄《きねづか》じゃな。いまは浪々の身とはいえ、さすがは元八十石取りの剣術指南役。おぬしには裃姿がよく似合う」

倉地はめずらしくお世辞まで言って、兵馬の気を和《やわ》らげようとしている。

似合っているはずはない、と兵馬は思っている。

長い浪人暮らしのあいだに、堅苦しい裃などの似合わない、気ままな暮らしぶりが身についてしまった。

「はてな、おぬしの家紋は、丸に上り藤であったかな」

倉地にそう言われて、兵馬は思わず冷や汗を流した。

「いや、これは借り物でござれば……」

そもそもこの裃は、兵馬が登城することになったと聞いて、お艶が大急ぎで誂《あつら》えたもので、家紋も鵜飼家のものとは違っている。

「あなたがお城に上がるなんて、ほんとうは気が進みませんけど、仮にも御老中さまにお目通りするからには、まさか普段着のままというわけにもいかないでしょ」

お艶はそう言って、紅い唇をぎゅっと嚙みしめると、わざわざ日本橋の富沢町まで出かけて、質流れになっていた裃を買ってきたのだ。

「よけいな気を遣わずとも……」

兵馬はお艶の世話女房めいたやり口に辟易《へきえき》しながら、せっかくだから、と身に着けてみると、やはり取って付けたようで着心地は悪い。

「よくお似合いですよ」

お艶は満更でもない顔をして言うが、気っぷと心意気だけで生きてきた女俠客に、しきたりのうるさい武家の式服などがわかるはずはない。

「ところで……」

白壁の塀が続く大名屋敷街から、本多豊後守の上屋敷の前を通って、一番火除け地と呼ばれている広々とした緑地に出たとき、城内に入れば立ち話もできぬから、と言って、倉地は老中首座に拝謁する道筋や手順を説明した。

「一橋御門を入ると、右手には城内警護の番士たちが詰める御番屋が並んでいる。御本丸の平川御門に面して、御番屋脇には腰掛けと呼ばれる見張り番所があって、伊賀組の番士たちが常に眼を光らせている。そこからさらに内堀を渡って、田安殿、清水殿の御屋敷がある竹橋御門をくぐると、右手に砲筒御蔵が見えてくる。御城の武器庫や火器庫で、このあたりには一般の立ち入りが許されない。挙動不審と見られないよう、さりげなく通り過ぎることだ。その先には広々とした馬場があって、そこで朝鮮から献上された馬を調教したことから、朝鮮馬場と呼ばれている」

倉地はそこで意味ありげに一息入れた。

「将軍補佐となられた御老中は、その朝鮮馬場で汗を流すことを日課にしておられる。まこと政務に忙しいお身体であるのに、馬場に来られる刻限は判で押したように変わらないという。おぬしがお目通りを許されているのはそのときだ」

ありていに言えば、御老中が馬を責めたあと、鐙《あぶみ》から足を下ろして休息所に入られるまでのあいだに、目通りを許されるということだ、と倉地は付け加えた。

「いわば政務とはかかわりのないところで、拙者とお会いなさるというわけでござるか」

兵馬は先ほどから胸にわだかまっていたことを確かめた。

「そうじゃな」

倉地は曖昧《あいまい》な返事をした。

「ならば公務ではなく、越中守さまの私事として、拙者に会おうと言われるのか」

兵馬は念を押した。

「つづめて言えば、そういうことであろうな」

いわば仲介者の倉地にも、越中守の意図が読み取れないらしい。

「さて、これをどう受け取るべきでござろうか」

もし公務として兵馬に謁見を許せば、老中との会見は幕府の記録に残されるが、一介の浪人者がそのような扱いを受けることなどあり得ない。

そうなれば、倉地が匂わせる仕官といっても、やはり影働きの口か、と思って兵馬は憂鬱になった。

越中守の意図がどこにあるかはわからないが、奥州白河藩で影働きをしていた赤沼三樹三郎は、使命を果たした後に江戸藩邸で殺されている（既刊④『秘花伝』参照）。

結果として二樹三郎の殺害に手を貸すことになった兵馬に、あの男の代役をさせようとしているのか、と疑えないこともない。

「あまり考えるな。御老中が会おうと言われるのは、あくまでもおぬしの太刀筋を見込んでのことだ。どのようなかたちであれ、切れ者と評判の御老中に拝謁が叶うのは、兵法者冥利に尽きることではないか」

倉地はわざとらしく豪快に笑うと、気の進まない兵馬の肩を押すようにして、来訪者を威嚇するように聳えている一橋御門をくぐった。

五

老中松平越中守定信は、いつものように半刻（一時間）ほど馬を責めると、伴走してきた口取りに馬の世話を任せて鞍から下りた。

一刻（二時間）ほど前から、この一瞬を待っていた男が、定信が騎馬を休めたのを見て声をかけてきた。

「これなる者は、先日お目に止められた鵜飼兵馬でございます」

定信の右足が鐙を離れるのを見て、打ち合わせどおりに進み出たのは、馬場の片隅にひかえていた倉地文左衛門だった。

「…………」

定信は無言のままふり返ったが、馬場に平伏している倉地と兵馬を見ると、ついてくるがよい、と言うように顎をしゃくった。

「みごとな太刀さばきであったな。あれは無外流であるか」

馬場の片隅にある休息小屋へ向かって歩きながら、定信は兵馬の顔を見ることもなく問いかけた。

「ご慧眼《けいがん》のほど、恐れ入ります。なれど拙者の太刀筋は、世に伝わる無外流とは違っておりましょう」

言われて定信は気分を損《そこ》ねたようだった。

「わしの見立てとは違うというのか」

学問好きと評判の定信は、武家作法の故実に通じ、武術の諸流派にも詳しいという。

剣鬼と恐れられていた赤沼三樹三郎を、一刀のもとに斬り捨てた兵馬の太刀筋を、無外流と見抜いたことを自慢しているらしい。

「たしかに無外流でござるが、拙者が遣う太刀筋は、古流にいささかの工夫を加えたものでござる」

定信は不機嫌そうに吐き捨てた。

「勝手に流儀を変えるのは感心せぬな」

兵馬はゆっくりと頷いてから、おもむろに反論した。

「お言葉なれど、拙者、いささかの工夫、と申し上げた。後世の工夫なくして、剣の流儀が伝わろうとは思われませんが」

それを聞いた倉地が、驚いて兵馬の袖を引いた。

定信は古い書籍を蒐集《しゅうしゅう》するだけでなく、武芸や学芸の古流がすたれ、定まった型が崩れることを嫌って、古法の復古を唱えている警世家としても知られている。

「ならば、新たに一流を開いたと申すのか」

松平定信はこのとき男盛りの三十二歳、将軍補佐となって政権を握ったばかりで自信に溢れている。

兵馬を問い詰める語気も鋭かった。

「それほど自惚《うぬぼ》れてはおりませぬ。拙者の流儀はあくまでも無外流でござる。ただ『走り懸かり』に工夫を加え、その太刀筋を『飛剣夢想返し』と名づけたのは、浪々の身となることすでに久しく、わが太刀筋にもおのずから変化が生じたからでござる」

「型が崩れたと申すのか」

「そう見られてもよろしゅうござる」

定信は無言のまま兵馬の顔を睨みつけていたが、

「なるほど、面白い男じゃ」

休息小屋に入って家僕に汗を拭わせると、

「その方の太刀、相当に使い込んでいるであろう」

定信は片頬に薄い笑みを浮かべて言った。

「わしには刀剣の趣味もあっての。肉を斬り、骨を断ったという、その方の差し料を拝見したい」

意外なことの成りゆきに、倉地は思わず蒼白になった。

貴人に拝謁する礼儀として、兵馬の帯刀は定信の供侍に預けているが、これも武家の作法として脇差は腰にある。

もし兵馬に害意があれば、無外流走り懸かりを用いて、一瞬にして老中を刺殺することもできなくはない。

それを警戒して、老中の周辺には腕達者の護衛たちが伏せられている。

倉地が感知するだけでも、休息小屋の中に三人、小屋の外に五人、朝鮮馬場の周辺には十数人の武士たちが兵馬の動きを注視している。

兵馬の差し料が休息小屋に持ち込まれ、室内で刀身が抜かれることになれば、老中を護衛している武士たちは緊張のあまり、わずかな動きにも過敏になり、そうなれば問答無用、たちどころに殺到して、斬殺することも辞さないだろう。

もしそのようなことになれば……、と思って倉地はぞっとした。

兵馬が黙って斬られるはずはない、たとえ脇差の他に利器を持たなくとも、おのれに刃を向ける者たちを、ことごとく刺殺せずにはおかないだろう。

そうなれば、あの赤沼三樹三郎が引き起こした白河藩中屋敷の惨劇が、この江戸城内でも再現されることになる、と倉地は恐れたのだ。

「これは御老中の趣味とも思われません。ゆえあって浪人してからすでに十数年、わが差し料は一度も研ぎに出したこともない鈍刀でござる」

兵馬は定信の申し入れを拒《こば》んだが、

「そう言われれば、ますます拝見したくなった。もし言われるとおりの鈍刀ならば、その鈍刀を用いてあざやかに人を斬る、その方の業前《わざまえ》に興味がある」

定信は強引に畳み込むと、まだ若い護衛の武士に命じて、兵馬が預けた腰の物を持ってこさせた。

「眼の汚れになるだけですぞ」

兵馬は刀剣を武士の魂などと思っていないから、刀身を研ぎに出したこともなければ、無骨な拵《こしら》えにも瑕《きず》があって、漆黒の鞘には塗りの剝げている箇所まである。

定信の刀剣趣味といっても、たぶん名のある刀匠が鍛えた名刀にかぎられていて、血を吸い、骨を断ち、鋼鉄を斬り、石を割り、刃こぼれしている生々しい刀身など、見たこともないに違いない。

たとえ浪々の身となろうとも、武士の誇りを捨てきれない兵馬には、いまや鈍刀と化したおのれの佩刀を、人前にさらすことを恥だと思う意地がある。

ボロボロになってしまった『そぼろ助廣《すけひろ》』は、これまで兵馬のたどってきたボロボロの人生に似ている。

将軍補佐として権勢の頂点に立つ男が、一介の素浪人でしかないこのおれに、恥をかかせるつもりなのか、と兵馬は訝《いぶか》しく思った。

定信の魂胆が見えない。

「殿っ、はや刻限が過ぎておりますぞ」

そのとき定信の供侍が遠慮がちに声をかけた。

「さようか」

多忙な老中には先の予定が詰まっているのだろう。

これで免れたか、と倉地がホッとしたとたんに、

「拝見する」

兵馬の差し料を手にした定信が、一声かけて抜きはなった。

休息小屋から斜めに射し込む木洩れ日に、抜き身の刀身が冴え冴えと照らし出される。

刃こぼれはしていても錆《さび》は浮かんでいない。

「研ぎに出さぬのも道理。身幅広く、反り浅く、焼き沸《に》えは荒いが、丁字《ちょうじ》乱れもみごとで、切っ先に延びがある」

定信は刀剣拝見の礼法を守って、刀身を翳《かざ》すようにして刃文の流れを凝視している。

「鍛えは小板目肌に、地沸え詰まり、地色が青く冴えわたっているところは古刀に似るが、これは摂州の『そぼろ助廣』であろう。慶安の頃に打たれた新刀じゃな」

定信は古刀を愛し、新刀を軽んじると聞いていたが、刃こぼれした兵馬の刀剣に対する非難はなかった。

「見れば見るほど、吸い込まれてしまいそうな恐ろしさがある」

裏を返し、表を返し、しばらくボロボロになった刀身を眺めていたが、

「これは刀匠の技というより、使い手の功であろうな。厳しく使い込むことで、凄味を増す刀剣のあることを初めて知った」

言い捨てて定信は馬場を出た。

老中を護衛している武士たちも、定信の後に従って大波の引くように去ってゆく。

倉地の思っていた以上に人数が多い。

あぶないところであった、と倉地はあらためて思った。

「ひやひやさせる男だな」

額に冷や汗を浮かべていた倉地は、やれやれ、と言うように苦笑した。

「仕官の話は出ませんでしたな」

兵馬は空とぼけて言った。

「おぬしには気の毒だが、わしにとっては好都合だ」

これは本音だった。宰領が不意にいなくなっては隠密御用に差し支える。

またこれまでのようにやってゆくさ、と倉地はのんきな声で言った。

「それは、これからもただ働きをせよ、ということですかな」

いつもの皮肉も陽気に出る。

「まあ、そう思ってくれた方がわしも気が楽じゃ」

言いづらいことも冗談めかして、

「すると拙者は、いつまでも貧乏から抜け出せないわけですな」

倉地も冗談でかわした。

「それでも飢え死にせぬのが、花のお江戸のありがたさよ」

緊張が解けた気楽さから、ふたりはめずらしく軽口をたたき合ったが、わざわざ兵馬を呼び出した定信の意図は、さすがの御庭番にもわからず仕舞いだった。

仕官の話は出なかった、春は昔の春ならず、ますます武家奉公とは無縁な身になってゆくな、と思えば一抹のさびしさもある。

兵馬は深く息を吸った。

孤剣に生きる、と決意したときから、係累を捨て、故郷を捨てた。

いまさら未練がましいことを期待したわけではない。

それなのに苦々しい思いが残るのは何故なのか。

まだまだ甘いな、と自嘲せざるを得ない。

それに、と兵馬にはさらに苦い思いが湧いてくる。

将軍の城に入れたわけではなかった。

かろうじて入ることができたのは、内堀の片隅に設けられた馬場までだった。

おれはそれまでの男か。

孤剣を抱いて江戸に出てきた頃のおのれの姿が、遠めがねを逆さまに覗いたときのように小さく映る。

なぜか香織の面影が脳裏に浮かんだ。
あの人はすでに人の妻。
たとえ仕官が叶ったところで、おれにはもう江戸に呼び寄せる人はいない。
兵馬は天を仰いだ。
さびしさは青空に沁みた。

春ならぬ

一

新之介の話によると、愛宕下にある弓月藩江戸屋敷でも、緊急に財政の切り詰めを始めたらしかった。

「あれ以上に切り詰めるところがあるのかな」

兵馬が知るかぎり、弓月藩では風俗の華美を嫌って、たとえ江戸勤番になっても、ほとんど藩邸に引き籠もったまま街に出ない。

江戸の藩邸でも、国元とほとんど変わらない暮らしぶりで、まるで戦陣で夜営しているかのような、粗食と粗服で押し通しているという。

わずか一万三千石の小藩でありながら、戦国の気風をいまに伝えて、武士も百姓も武術を好み、日頃から質素倹約があたりまえだった。

山峡に孤立している領内では、移りゆく世の動きに抗して、まるで時の流れが止まったかのような暮らしぶりをしていた。

「そういう土地柄だった」

と兵馬は言った。

「国元の母もそう申しておりました」

新之介はなつかしそうに言った。

「しかし、それはわたくしが生まれる以前のこと……」

つまり兵馬が脱藩して江戸に出た頃から、弓月藩にもわずかな変化が見えていたという。

藩の宿老たちが、ことあるごとに、尚武《しょうぶ》だの、戦国の気風、だのと言ってきたのは、領民へのまやかしにすぎなかったのだ、と非難する風潮さえあるという。

「国元の気風が、その後どのように変わったかは知らぬが……」

兵馬は十数年前の弓月藩を思い起こしながら言った。

「百姓たちの暮らしは、初めから切り詰められていた。藩士たちにしても例外ではない。もともと余剰がないのに、これ以上切り詰めることなどできようはずはない」

弓月藩の執政となった魚沼帯刀が、真っ先に取り組まなければならなかったのは、この窮状をどう切り抜けるか、ということではないのか。

「そこでそなたの父御、瀬田新介どのが必要とされたわけであろう」

もし弓月藩に政変がなければ、医術の内職でどうにか食いつないできた瀬田新介が、藩政改革の切り札として、抜擢されることもなかっただろう。

「わたくしが江戸遊学を思い立ったのも、父の勧めがあったからです」

江戸屋敷には市毛平太がいる、そして陋巷《ろうこう》には鵜飼兵馬がいる、この二人から学ぶべきことは多いはずだ、弓月藩の内と外、両面からものを見る眼を鍛えるがよい、と言って瀬田は新之介を送り出したのだという。

「市毛どのが留守居役になられてから、江戸屋敷の気風もだいぶ変わったと申します。わたくしは以前の藩邸を知りませんが、わが藩も領内に引き籠もってばかりはいられない御時世になってきたのです」

新之介には、ことの是非を論ぜず、すべてをおのれの内に取り込もうとする意志が見えた。

「そうか。もはや孤立も無援も許されぬか。そうなれば江戸藩邸では不時の出費もかさみ、財政の切り詰めも必要となろうな」

言いながらも、兵馬には割りきれない思いが残った。

「しかし、どこを切り詰めればよいのだ。これまでも弓月藩邸では、ぎりぎりの暮らしをしてきたのではないのか」

するとする新之介は訳知り顔に、

「公費の割り振りには、見直しが必要だ、と市毛どのは申され、金の流れを洗い出しているのです」

江戸へ出てきたばかりにしては、藩邸の内情をかなり掌握しているようだった。

「ずいぶんと思いきったことをする。それに抵抗する勢力はないのか」

戦国の気風を伝える、と自負している弓月藩には、旧弊固陋なやからが多い。

江戸留守居役になったばかりの市毛には、それらの勢力から、かなりの重圧がかかってくるはずだ。

あの男、大丈夫だろうか、と兵馬は他人《ひと》ごとならず心配した。

「財政逼迫《ひっぱく》のおり、ことがことだけに、表立って反対する者はおりませんが、口には出さなくとも、かなりの抵抗はあるようです」

金の流れを洗い出せば、不浄な金脈も明らかになり、年間の予算を組むにしても、削られる部署と、増える部署が出てくるはずだ。

これまでの配分が逆転すれば、今後の運営に遺恨を残すこともあり得るだろう。

しかも、全体として見れば、無い袖を振る、ということになる。

もともと無いところをどうやって補うか。

いずれにしても、かんたんに収拾の付く問題ではない。

これは我慢くらべだな、と兵馬は思った。

「そこを押しきれたら、市毛の手腕も相当のものと認めてやってもよい」

いつのまにか、まるで野次馬のようなことを言っている、と兵馬はわれながらあさましく思って、つい苦笑せざるを得なかった。

「藩邸でも陰にまわれば、もっぱらその噂で持ちきりのようです」

新之介も困ったように苦笑した。

兵馬は思案顔をして、

「つまり市毛にとっては、抵抗勢力だけではない、ということか」

ひるまずに押しきれば勝てるという意味だ。

その結果がどう出るのか、むろん兵馬にわかることではない。

二

「ところで、その市毛どのから伺ったことですが……」

新之介は急に改まった口調になった。

「鵜飼さまは御老中とは御昵懇《ごじっこん》の仲と聞いております」

兵馬は虚を突かれて、

「どこから出た噂か知らぬが、そのようなことは根も葉もないたわごとだ」

にべもなく吐き捨てたが、内心の驚きを隠せなかった。

これまで気にもしていなかったが、世事にうといはずの弓月藩江戸屋敷では、脱藩した兵馬の動きを逐一《ちくいち》つかんでいたことになる。

新之介はむきになって、

「決して噂などではありません。市毛どのはわたくしを密室に呼ばれて、そなたがそれほど望むなら、御老中と親交のある鵜飼兵馬に頼めば、うまいこと橋渡しをしてくれよう、と囁かれたのです」

もちろんこれは、わたくしの他には誰も知らないことです、としつこく念を押した。

「そなたの望みとは何か」

ひょっとしてわが子かもしれない新之介が、何を望んでいるのか、はっきりと知っておきたいと兵馬は思っている。

「藩政の改革です」

新之介はさらりと言ってのけた。

「ほほう、大きく出たな。どのように改革してゆこうと思うのか」

まだ子どもなのだ、と思って兵馬は鷹揚《おうよう》な笑みを浮かべた。

「わかりません」

にこりともしない。

「わかりもしないことを、なぜ望むのか」

それが若さというものだ、と思いながらも、兵馬にはどこか割りきれない思いがつきまとった。

「すこしでも父を助けたいと思うからです」

藩財政を確保するため、荒れ地を開き、水路をととのえ、四苦八苦している瀬田新介を、見るに見かねてのことだろうが、しかし……、

「私情を交えては改革などできぬぞ」

「父もそう申しておりました。それゆえに、弓月藩を離れて江戸で学べと」

「当てがあるのか」

江戸に出たからといって、どうなるものではない、と兵馬は身に沁みている。

「まず鵜飼さま。そして江戸留守居役の市毛どの……」

新之介は指を折りながら、心当たりの名前を数えた。

「もうよい」

新之介の挙げる名前の中には、どう見ても当てにできるような人物はいなかった。

「それらの御仁を訪ねてみたのか」

「いいえ。まず鵜飼さまから……」

兵馬は自嘲するように言った。

「わしから学ぶことなど何もあるまい。無頼の剣など藩政の役には立たぬ」

兵馬の言い方が冷たく響いたのか、新之介はむきになって、

「そのようなことはありません。鵜飼さまのことを、野に置くのは惜しい人物だ、と父はいつも申しております。あの男を野に放ったのは、弓月藩の犯した失政のひとつだ、と市毛どのも申されます。そして誰よりもわたくしが、じかに鵜飼さまから教えを受けたいのです」

言いながらも、しだいに気が高ぶって、子どもっぽい興奮を抑えきれないようだった。

それこそが私情だ、と兵馬は思ったが、あえて口には出さなかった。

新之介は紅潮した顔を伏せ、肩で息をついている。

泣いているのかもしれなかった。

「わしのことはともかく、藩の許しもなく江戸に出てきたわけではあるまい」

兵馬に言われて、新之介は伏せていた顔を上げた。

「これは父から聞いた話ですが、湯島の聖堂にある昌平坂学問所は、将軍家の直臣だけでなく、これからは諸藩の陪臣にも門戸が開かれることになる、という噂があるそうです」

そうなれば、林大学頭《はやしだいがくのかみ》の私塾にすぎなかった昌平坂学問所には、諸藩から選び抜かれた秀才たちが集まってくるにちがいない。

新之介は幕府公認の学問所で学ぶために、藩命によって江戸へ遣わされのだという。

なるほど、と兵馬は頷いた。

「幕府の学問所に通うためか」

それならばわかる。

「ところが、湯島の聖堂を訪ねてみると、わたくしが通うはずの昌平坂学問所は、天明六年の大火で焼け落ちたまま、いまだに復興のめどが立たない、と言われました」

新之介は無念そうに唇を嚙んだ。

大火のあった天明六年は、正月も中旬を迎えた頃から、連日のように強風が吹き荒れ、『物の乾くこと火にてあぶるが如し』という異常な乾燥が続いていた。

一月二十二日、昼の九つ時（正午）、湯島天神裏門前の牡丹長屋から出火、おりしも西北から吹き付ける烈風に煽《あお》られ、三組町の妻恋社、神田明神門前、ならびに鳳閣寺、旅籠町は火の海と化した。

猛火はたちまち南東に向かって燃え広がり、神田通り町筋の本町通りから、東は小田原町、堀江町、小網町、堺町、葺屋町、両座芝居、および近辺の大伝馬町、小伝馬町、馬喰町、浜町を焼き払った。

噴き上げる火の粉は、対岸の深川まで飛び火して、熊井町、相川町、大島町、富岡八幡宮の一ノ鳥居一帯は、めらめらと燃える火焰に包まれて焦熱地獄と化し、猛火は北風に煽られて、日本橋まで延焼した。

湯島聖堂、神田明神は、町火消しの奮闘によって、かろうじて本殿だけは焼け残ったが、昌平坂学問所は猛火に焼かれ、湯島の教場はすべて灰燼《かいじん》に帰したという。

弓月藩の学官たちは、そのような事情も知らずに、新之介を江戸に送り出したのか、と兵馬はあきれ返って物も言えない。

「それは気の毒な……」

世事にうとい弓月藩の体質が、このような不手際となって、有為な若者を潰《つぶ》してしまうのだ。

目的を失ってしまった悔しさなら、兵馬にも覚えがある。

「いいえ、それほど残念がってはいないのです」

新之介は負けず嫌いの笑みを浮かべた。

「江戸に来てから、新たな目的を見つけました」

「それは何か」

「松平越中守さまから、じかに教えを請いたいと思うのです」

いきなり何を言い出すのやら。

兵馬は無言のまま、新之介の顔を見返す他はなかった。

しばらくして、

「そなたが教えを請うべき人物は、他にいくらでもあろうに。よりによって、なぜ松平越中守なのか」

兵馬がどこか吹っ切れない思いで問いかけると、新之介はこれまでとは人が変わったかのように饒舌《じょうぜつ》になった。

「わずかなあいだに藩政の立て直しに成功した、ほとんど唯一のお方だからです。仙台藩で四十万人、津軽領で三十万人が餓死した、と言われている天明の大飢饉のとき、越中守さまの采配よろしきを得て、奥州白河藩の領内では、一人の餓死者も出さなかったそうではありませんか。若き名君との評判は、遠く弓月藩にまで届いています。白河侯に倣《なら》って、あらためて藩政改革に取り組むようになった諸藩も多いとか。むろんわが弓月藩も例外ではありません。このような気運のとき、江戸へ出たのは幸いでした。いつのことかわからない学問所の復興を待つよりも、越中守さまに直接お目通りして、藩政の要諦をお聞きしたい、と思っているのです」

この子は熱に浮かされているのではないか、と兵馬は新之介の若さをむしろ痛ましく思って、

「そなたのような陪臣の身で、なんのつてもなく老中首座に会うことはできぬぞ」

たしなめるように言った。

「だからこそ、越中守さまと御昵懇の鵜飼さまに、橋渡しをお願いしたいのです」

新之介は無邪気な笑み浮かべた。

「初めからそのつもりで江戸に出てきたのか」

兵馬は鼻白んだ。

「いいえ、国元にいた頃は何も知りませんでした。江戸に出てから、昌平坂学問所の入門もならず、越中守さまにお目通りする手掛かりも見出せないまま、ひとり悶々としているところを、留守居役の市毛どのに咎められ、密室に呼ばれて叱責を受けました。そこで、わたくしの意中を述べましたところ、鵜飼兵馬は御老中とは昵懇の仲にある、なにかと手助けをしてくれよう、と市毛どのは申されたのです。それはつい昨日のことなのですが、わたくしは天にも昇る心地でした」

留守居役の市毛平太が、何を根拠にしてそのようなことを言ったのか、兵馬にはその真意をはかりかねた。

新之介は何も疑ってはいないらしかった。

三

兵馬が定信の呼び出しに応じる気になったのは、顔を伏せ肩で息をしていた新之介の姿が、脳裏にこびりついていたからかもしれなかった。

「いま御老中は、築地の下屋敷で静養をとっておられる。もともとお身体の丈夫な方ではないが、連日の激務で体調を崩されたのであろう」

めずらしく、みずから入江町に兵馬を訪ねてきた倉地文左衛門は、口外を禁じられている老中首座の動向を伝えた。

「そのことが公《おおやけ》になれば、天下の騒動ともなりかねませんな」

兵馬が軽く揶揄《やゆ》すると、

「なあに、心配はいらぬ。あの精力的な御老中のことだ。そのような噂が立つ頃には、とうに溜間《たまりのま》へ戻られて、政務に専念されておられるわ」

倉地は兵馬の懸念を一笑に付し、その証拠には、とおかしそうに付け加えた。

「御典医に休養を勧められて、しぶしぶ下屋敷に移られたが、あの方は無聊《ぶりょう》を慰めかねておられるようだ。これまで例のないことだが、御庭番のわしを呼び寄せて、世事の見聞を語らせたりする。おぬしと赴《おもむ》いた遠国御用も、このようなときは役に立つ」

兵馬は苦笑した。

「遠慮は要《い》りませんぞ。先に用件を中されよ。倉地どのがわざわざ拙者の弊屋《へいおく》まで参られたのは、御老中の意を呈されてのことなのでござろう」

いつもなら、兵馬のもとへ使いの者を走らせるところだが、老中の転地療養が他に洩れないよう、倉地は御庭番らしい心配りをしているとみえる。

「そこまで見抜かれているのなら、もはや隠す必要はあるまい。御老中は何を思い立たれたのか、先日の男を連れて参れ、と急にわがままなことを申される。めいわくな話と言いたいところだが、わしにも御老中の意中が読めぬのだ」

倉地が兵馬に気を遣っているのは、先日の会見で仕官の話が出なかったからだろう。

「そのことはもう気にされるな」

兵馬は倉地をいたわるように言った。

「拙者には世俗の野心はござらぬ」

あのときふと兆《きざ》した気の迷いを恥じていた。

「そうも参るまい。おぬしほどの男がいつまでも宿なしでいるのは、世上不安を掻き立てる原因にもなりかねない」

兵馬を御庭番宰領という陰の仕事に引き込み、安い手当でただ同然に使ってきた倉地には、そのことでどこか疚《やま》しい思いをしているらしく、長年の埋め合わせでもするつもりか、兵馬を幕臣として正式に仕官させたい、というこだわりがあるようだった。

兵馬は混ぜ返すように言った。

「由井《ゆい》正雪《しょうせつ》、丸橋《まるばし》忠弥《ちゅうや》、あるいは戸次《へつぎ》庄左衛門《しょうざえもん》の例もあると言われるか」

慶安四年、三代将軍家光が逝去すると、世上不安に乗じて、食い詰めた浪人どもが決起するという事件が相次いだ。

楠木流の軍学者と称する由井正雪、宝蔵院流の鑓《やり》を指南していた丸橋忠弥などが首謀者で、浪人たちの決起は未然に防がれたが、江戸、大坂、駿府を、同時多発的に火の海と化し、幕府の土台骨をゆるがして、一気に政権を奪取しようとした由井正雪の陰謀は、世を震撼させる大事件だった。

由井正雪の事件は『慶安の変』と呼ばれ、これを機に、市井に隠れ住んでいた浪人者は、ことごとく弾圧された。

それからわずか一年後の承応元年、こんどは戸次庄左衛門を首謀者に、台徳院（秀忠）夫人の二十七回忌の法会があった芝増上寺に火を放ち、検分のために駆けつけた老中に鉄砲を撃ちかけ、首脳陣を失った江戸城を一挙に攻め落とそうという陰謀が発覚した。

これは『承応の変』と呼ばれたが、立て続けに起こった不平浪人たちの蜂起は、幕府の徹底的な弾圧によって潰滅した。

「それに続いて起こったのが、明暦三年の江戸大火だ。俗に『振り袖火事』とも呼ばれる『明暦の大火』で、古い江戸の街はことごとく灰燼に帰し、将軍家の御城も、二の丸、三の丸はもちろんのこと、本丸、天守閣ともに猛火の中に焼け落ちた。ようやく城内の復興が叶ったのは、万治二年のことだという」

いまの江戸はそのとき再建された街だ。

奇抜な彫り物や金箔で軒を飾った豪華絢爛《けんらん》な大名屋敷は、あの『明暦の大火』を境に、黒い瓦屋根と、白い漆喰で塗り固めた、無彩色の屋敷街に変貌した、と倉地は言った。

幕府が蓄えていた金塊も、羅災後の再建費で底を突き、大火で焼け落ちた江戸城の天守閣は、石組みの天守台を築いたのみで、建造は見合わされた。

兵馬が由井正雪の名を出したのは、大まじめで幕政改革に乗り出した松平定信に対する皮肉かもしれない。

「しかし、冗談にもそのようなことは言わぬがよい。仮にも公儀隠密の宰領として働いているおぬしが、不穏分子として幕府の取り締まりを受けるようなことになれば、いくらなんでも洒落《しゃれ》にはならぬぞ」

倉地は眉を顰《ひそ》めた。

「おぬしを御老中に推挙するのはよいが、そのねじくれた根性が気になって、ひょっとして舌禍をこうむるのではないかと、いつもはらはらしていなければならぬ」

気弱なことよ、と兵馬は思い、

「拙者、身の処し方は心得ているつもりでござる」

なぐさめるつもりで言ったことが、かえって倉地を刺激した。

「おぬしの気持を斟酌《しんしゃく》して、できるだけ穏便にお断りしようと思っていたが、あの男を連れて参れ、と言われる御老中の意志は固い。わしはこの件から手を引かせてもらう。御老中の申し出を、断るか断らぬかはおぬし次第じゃ」

この男もわが身大事と思っているのか、と兵馬は妙なさびしさを覚え、

「その方が拙者も気を遣わなくてすむ」

倉地の付き添いを断って、ひとり築地にある松平越中守の下屋敷へゆくことにした。

このとき兵馬の脳裏に、なぜか肩で息をしていた新之介の姿が思い浮かんで、どうしても振り払うことができなかった。

四

大川は荷船でにぎわっていた。

白帆を張って江戸湾から遡上《そじょう》してきた入り船は、両国橋の橋桁《はしげた》をくぐるために、手

前から帆を下ろし、邪魔になる帆柱を取りはずして手漕ぎになる。

船端の左右に櫓櫂《ろかい》を並べ、舟唄に合わせてゆっくりと漕ぎ進みながら、両国橋の桁下をくぐり抜けたところで、ふたたび帆柱を立てて白帆を張る。

赤銅《しゃくどう》色に日焼けした舟子たちが、抑揚の利いた声で舟唄を歌いながら、わずかな無駄もなく動いているきびきびとした姿は、岸辺から見ていても小気味よかった。

「手なれたものだな」

倉地はいまさらのように感心している。

太い帆柱が手ぎわよく取り外され、両国橋をくぐり抜けたところで、ふたたび取り付けられる迅速な動きは、なんど見てもあきることはないと言う。

「もっとも、このような光景をぼんやりと見る暇など、これまでのわしにはなかった、とも言えるのだが……」

倉地は褌一丁で働いている荷船人足たちを指さして言った。

「あの男たちを見るがよい」

なめし革のように滑らかな赤銅色の肌に、噴き出した汗が鈍く光っている。

「舟の上に生涯を浮かべ、旅を住みかとして老いを迎えるのも、悪くはないかもしれぬ、と思うこともある」

川明かりの照り返しがまぶしいのか、倉地は眼を細めながら、なぜか羨ましそうに言った。

「あの男たちはたぶん明日のことなど考えてはおるまい」

考えてどうなるものでもないからだ、と兵馬は思う。

「そして昨日のこともですな」

忘れてしまった方がいいことが多いからだ。

「人の生き方としては、その方が上等なのかもしれぬな」

倉地は妙なことを言い出した。

探索や諜報に明け暮れている御庭番の仕事に、嫌気がさしているのだろうか。

「しかし、倉地どのにできることではありませんな」

さらりとした口調で、倉地の痛いところを突いた。

「そしておぬしも……」

倉地は、同病相憐れむ、というように兵馬の顔を見て、

「おたがい、およそ解脱《げだつ》とは縁遠い男だからな」

いまいましそうな苦笑を浮かべた。

「ここで別れよう」

両国広小路から米沢町を南に向かい、諏訪因幡守《すわいなばのかみ》の中屋敷まで来たところで、倉地は不意に立ち止まって、あっさりと言った。

「わしは御広敷の持ち場に戻る。あとはおぬし一人で行くがよい」

倉地はそう言って、越中守下屋敷までの道順を説明した。

「ここから大川（隅田川）の西岸を、海のある方向へ歩いてゆくと、稲荷橋を渡って本湊町に出たところで、江戸湾を臨む河口の近くに、石川島と佃島が見えてくるはずだ。それを左手に見ながら、さらに南へ向かって、船松町、十軒町、明石町を通り抜け、俗に言うサンサ橋を渡って、南飯田町、上柳町、南小田原町に出ると、掘割に沿ってかなり大きな稲荷神社がある。その左脇から、掘割に架かっている橋を渡れば、すぐ眼の前に一橋殿の下屋敷、それと並んで、松平越中守さまの下屋敷がある」

そのあたりは、江戸湾に臨む海辺の埋め立て地で、松平安藝《あき》守の蔵屋敷、尾張殿の蔵屋敷、稲葉長門守の中屋敷、増山河内守の上屋敷が隣接しているが、周囲にはぐるりと掘割がめぐらされて、市街地の喧噪から隔絶している景勝の地だという。

倉地と別れて大川端を歩いてゆくと、兵馬の額には薄っすらと汗が滲んできた。

佃島の向こうに海が見える。

くすんだ空の下で、遠い沖から打ち寄せてくる波が、のったりとした海面を、銀灰色に輝かせている。

春の海
ひねもすのたり
のたりかな

ふと思い浮かんだこの句が、誰の作であったのか、とっさに思い出すことはできなかったが、このような情景を詠んだのだろう、という察しはつく。

しかし、のったりとした春の海を見ていても、兵馬はのったりとした気分になれたわけではない。

春はうっとうしい、と兵馬は思う。

これはちょっと、やりきれんな。

世の中に絶へて桜のなかりせば
春の心はのどけからまし

誰が詠んだ歌であったか、これも倉地に言わせれば、解脱とは縁遠い男の身勝手な感慨にすぎないのか。

あるいは、花の美しさに惑わされる浮気男の、負け惜しみとも取れなくはない。

もっと素直になれば楽だろうに、と思いながら、他人《ひと》のことは笑えぬな、と兵馬はひとり苦笑せざるを得なかった。

そうよ、と囁く女の声を聞いたような気がした。

幻聴か。

すると突然に、まだ若かった香織の顔が脳裏に浮かんだ。

もうあれから十数年が過ぎたのだ。

郷里に置き捨ててきた妻の香織に、何もしてやることができなかった、という悔いが兵馬にはある。

香織はいま何を望んでいるのだろうか。

新之介に江戸遊学を勧めたのは、ひょっとしたら瀬田新介ではなく、香織だったのではないだろうか、という思いが不意に兵馬をとらえた。

新之介がおれの子かどうかはわからなくとも、香織の子であることだけは疑いようがない、と兵馬は思う。

あの子は無邪気な顔をして、越中守さまの教えを請いたい、とか申しておったな。新之介の願いを叶えてやるためには、市毛平太が言うように、老中首座と『御昵懇の仲』にならなければならないのだろうな、と春の海を見ながら兵馬は思った。

波はおだやかに寄せているが、海を照らす光は薄く、沖は鈍色《にびいろ》の空と溶け合って、彼方の海面は曖昧なまま空に消えている。

政務に多忙な定信にとって、どうせ『静養中』の暇つぶしなのだろうが、老中が会いたいと言うなら会ってやってもよい、と兵馬は半ば不遜な思いで足を運んだ。

そうでも思わなければ、この曖昧な気持ちを説明できない。

五

「そちの差し料は、たしか大坂物であったな」

江戸湾の海に臨んだ築地の下屋敷で、兵馬を引見した松平越中守定信は、なんの前置きもなく、いきなり刀剣の話を切り出した。

「摂州の『そぼろ助廣』、刀身はみごとに使い込まれていたが、惜しいかな、数ヶ所の刃こぼれがあった」

摂州津田系刀工の初代助廣は、播州津田の産、摂津に出て相州伝の刀匠として知られた初代河内守国助《くにすけ》の門に入り、見込まれて師匠の相槌《あいづち》を務めたが、やがて独立して一派を開き、摂州住藤原助廣と銘《めい》を切った。

初代助廣の鍛えた刀剣は、折れず、曲がらず、斬れ味も鈍らず、刃文の乱れから『そぼろ助廣』と呼ばれて珍重された。

そぼろ助廣が、刀工として活躍したのは寛永年間で、刀身は身幅狭く、切っ先にゆくほど細めになる広直刃《すぐは》で、丁字《ちょうじ》崩しに、五の目乱れ、焼き沸《に》えの美しい刃文を特徴とする。

この初代『そぼろ助廣』よりさらに有名なのは、天才といわれた二代目津田越前守助廣で、寄せては返す琵琶湖の大波を写したという華やかな刃文『濤瀾《とうらん》乱れ』の名人として知られている。

刀身の元から先まで、同じ焼き幅で波打つ『濤瀾乱れ』は、美しく粒の揃った銀粒のような沸えが付き、刃渡りから中心《なかご》にかけて、総体に均整のとれた、新刀屈指の品格をもつ作柄として、愛刀家たちの垂涎《すいえん》の的になっている。

しかし、兵法家としての兵馬は、実直に鍛えられた初代『そぼろ助廣』を好んで、手になじんだうぶの太刀姿を愛し、研ぎ減りして刀身の形が変わってしまうのを嫌って、刃こぼれしても研ぎに出さなかった。

もっとも、兵馬の太刀が刃こぼれしたのは、脱藩して江戸に出てから、将軍家御庭番の倉地文左衛門に拾われ、隠密御用の宰領を務めるようになってからで、刀身に受けた数々の瑕は、命懸けで闘ってきた強敵たちの記憶に繋がっている。

定信は片頬に笑みを浮かべると、

「大坂物の新刀は、刃文が美しく、刀身の姿も優雅だが、刃文の見映えを重んじて焼きが硬く、実戦になると折れやすい。心得のある武士が携えるべき刀ではない」

兵馬を挑発するかのように断言し、さてどう出るか、と相手の反応を窺っている。

「さりながら、拙者、腰の大坂物で、数度におよぶ真剣勝負をして参りましたが、いまだに折れも曲がりもしておりません」

兵馬はわざと定信の誘いどおりの返答をした。

「これまではそうであったが、これから先はどうかな。わしが見たところ、あと数合も打ち合えば、刃こぼれしたあたりから折れそうであるが」

懸念するかのように定信は言った。

「拙者、いまだに好んで刀を抜いたことはござらぬ。この『そぼろ助廣』が、もし太刀打ちによって折れるようなことがあれば、それはわが武運の尽きるとき。いさぎよく受けとめる他はないと存ずる」

兵馬には定信の思惑がまだわからない。

定信は浮かべていた笑みを、不意に殺して、

「いかにもいさぎよい言い方ではあるが、武士の心がけとしては、決して褒められたものではない」

なぜなら、と定信は続けた。

「武とは平素の用意を言う。いつ折れるかわからぬような刀では、いざというときに存分な働きはできまい。不断の用意なくしては武士と言えぬ」

たとえば蝦夷地では……、と言いかけて、このような公儀の秘事、素性の知れない浪人者に話すべきことではない、と気がついたのか、定信は不意に口をつぐんだ。

政務に追われる老中としては、刃こぼれした『そぼろ助廣』をこき下ろしながらも、北海を騒がしている海防のことが気になっているらしい。

赤蝦夷《あかえぞ》（露西亜）が北海に出没するという変事は、いまからおよそ二十年前、安永の頃から始まっている。

将軍家重《いえしげ》の側用人、田沼意次が老中となって、権勢をふるっていた頃のことで、安永七年には赤蝦夷の船が蝦夷地に漂着し、松前藩に通商を要求している。

この事件は人心を乱すとして、一般には秘密にされていたが、御庭番宰領を務める兵馬は、とうぜん赤蝦夷出没のことは知っていた。

天明七年の七月には、小十人格御庭番の高橋三左衛門《たかはしさんざえもん》、同じく小十人格の和多田要人《わただかなんど》が、北国筋を廻る遠国御用を命じられ、北海に面した浦々の風聞聴取を行っている。

武士の心がけだの、平素の用意だのと言って、『そぼろ助廣』の刃こぼれを非難しているのは、どうやら海防不備に苛立っている定信の八つ当たりらしい。

それとこれとは別だ、と反発を覚えながらも、兵馬は定信の思惑がどこにあるかを、もうすこし探ってみる気になった。

「たとえ刀身に瑕があろうとも、敵と刃《やいば》を合わせなければ、折れることはござらぬ」

兵馬はあくまでも話題を剣術に絞っているが、暗に北海に出没する赤蝦夷との交渉を諷《ふう》している。

「しかし、そちの差し料は、刃こぼれがひどかった」

定信は気づかないふりをして、兵馬の刀剣に話題を戻した。

「それは拙者の剣技が、まだ未熟であった頃の名残《なごり》でござる。刃こぼれした刀剣を研ぎに出さぬのは、技芸未熟であったおのれを戒めるためでござる」

嘘だった。

刃こぼれした刀剣を研ぎに出さないのも、ほんとうは、貧乏暮らしで研ぎ代が払えないからだ。

たった一本しかない『そぼろ助廣』が、折れようが曲がろうが、それに代わる刀剣を贖《あがな》う金など兵馬にはない。

「敵と一合も刃を合わせずに……」

定信はほくそ笑んだ。

「勝ちを制する方法があるというのか」

何を言わせたいのか、と兵馬は定信の意中を推し量ろうとした。

「さほどのものではござらぬが……」

兵馬の遣う剣はただの一撃で勝敗を決する。

修羅場を踏んできた兵馬の刀法は、形を重んじて木剣で撃ち合う道場剣法とは大きなズレがある。

「浪々のあいだに、流派の伝えてきた形が崩れ、身の丈にあった刀法を遣うようになったまでのことでござる」

しだいに定信の仕掛けた罠に嵌《はま》ってきたらしい。

「自在な剣を得たと申すのか」

誘い込むように定信は言った。

「形なき形こそ本来の剣技と存ずる」

これこそが定信の仕掛けた罠だった。

「形こそが剣の本義じゃ」

定信はしたり顔をして言った。

「形を崩しては剣の道とは言えぬ」

兵馬にはようやく定信の思惑が読めてきた。

「形にとらわれては剣の道もなきものと存ずる」

あえて誘いに乗ってみた。

「黙れっ」

定信は療養中とも思われない声で一喝した。

「そこまで高言を叩くからには、そらの申す『形なき形』とやらを見せてもらおうか」

罠に落ちた獲物をいたぶるかのように、定信は言った。

六

「わしは古流を重んじて、すたれてしまった流派の復興に努めている」

海に臨む白河藩下屋敷の、広大な敷地の一角に立って、松平越中守定信は言った。

「そのわしが、何を望んでいるかは、言うまでもなかろう」

親藩譜代大名の住む上屋敷は、登城への便もあって、大手門、平川門、坂下門、桜田門など将軍の城をめぐる要衝を固めているが、より私的な邸宅となる、中屋敷、下屋敷には、上屋敷と離れた小高い丘の上や、海に臨む大川端河口など、保養地にふさわしい景勝の地が選ばれている。

下屋敷には侍長屋が置かれて、国元から出てきた江戸勤番や、江戸詰の下級武士たちを住まわせることが多い。

広大な敷地には、数寄屋造りの別邸が建てられたり、鬱蒼とした森に覆われて、江戸の市中とは思われない静閑な一帯になっている。

定信は奥州白河藩の家督を継ぐと、経費のかさむ下屋敷の数寄屋を取り壊して、まるで練兵場のような空き地にしてしまった。

そこで江戸勤番の白河武士たちに武闘訓練をさせたり、古流を伝える武芸者たちを集めて、技を競わせたりしている。

「しかし、わしは贋者が好きではない」

左右に近衆を従えた定信の前には、襷がけをした鵜飼兵馬と、もう一人、三十前後と思われる屈強な武士が蹲踞《そんきょ》している。

定信はまず屈強な武士に向かって声をかけた。

「小田半之丞《おだはんのじょう》とやら。その方は、塚原卜伝《つかはらぼくでん》の正統を継ぐ鹿島新当流の伝承者、という触れ込みであったな。戦国の世から伝わる古流の名誉にかけても、真性の鹿島新当流の形を見せてもらおう」

その顔を兵馬に向けると、

「鵜飼兵馬と申したの。この小田半之丞は、古流の継承者じゃ。その方のように流儀の根本を崩すことなく、真性の形を重んじて今に伝えるという。形と無形と、いずれが剣の理法に叶っているか、とくと検分しようではないか」

下屋敷で静養中の定信は、少し顔色が青ざめている。

側衆に勧められて床几《しょうぎ》に腰を下ろした。

「勝負は三本。先に二本を取った者を勝ちとする。双方ともに遠慮はいらぬぞ」

前髪立ちの近衆が進み出て、兵馬と半之丞に同じ長さの木剣を渡した。

するど、

「おそれながら……」

兵馬は伏せていた面《おもて》を上げた。

「命のやり取りは一度かぎりのもの。勝負は一本としていただきたい」

定信の眉がぴくりと動いたが、兵馬はかまわずに言った。

「真剣を取って立ち合えば、一瞬の遅鈍が生死の分かれ目。ゆえに拙者の流儀に『寸止め』はござらぬ。もし木剣で渡りあえば、怪我だけではすまなくなりましょう」

兵馬は渡された木剣を近衆に返すと、庭の片隅に植えられている矢竹の藪を指さした。

「されば、拙者の得物はあれで充分」

これを聞いた小田半之丞は、烈火の如く怒りだした。

「あまりにも傲慢な物の言いよう。御老中越中守さまの御前ゆえ、これまで耐えがたきを耐えて参ったが、そこまで侮辱されては腹に据えかねる。拙者の流儀では、三尺三寸の重く硬い赤樫の木剣を用いる。細い矢竹などで受け太刀はできまい。拙者の撃ち込みを受け損ねて、肉を破り、骨を砕くことになっても後悔されるな」

よろしゅうござる、と兵馬は穏やかな声で言った。

「貴殿の木剣と、拙者の矢竹が、触れることはござるまい」

兵馬の言葉は小田半之丞をさらに激昂させた。

三尺三寸の木剣を構えた半之丞の眼には、凄まじい殺気がみなぎっている。

兵馬が手にしているは、二尺三寸に切り取った矢竹の鞭だった。

もし得物での打ち合いになれば、硬い樫の木剣は、細身の竹鞭など、一撃でへし折ってしまうだろう。

越中守はそれを見たいはずだ、と兵馬は思っている。

「ゆくぞっ」

小田半之丞が吼《ほ》えた。

上背のある半之丞が、三尺三寸の木剣を構えれば、広々とした練兵場も狭く見えるほどの迫力がある。

小田半之丞が遣う鹿島新当流は、甲冑《かっちゅう》着用の戦いを基本にした古武道で、塚原土佐守卜伝高幹《たかもと》を流祖と仰いでいる。

剣聖といわれる塚原卜伝は、実父の卜部《うらべ》覚賢《あきかた》から鹿島中古流を学んで、秘伝の『鹿島の太刀』を伝えられた。

のちに塚原城主土佐守安幹《やすもと》の養子となって、天真正伝香取神道流を伝授され、三十四歳のとき鹿島神宮に千日の参籠をして、夢に神託を得て卜伝流の『一《ひとつ》ノ太刀』を開眼したという。

武術は鹿島に始まる、といわれる。

はるかに遠い天智帝の時代、防人《さきもり》となって九州に赴く東国の兵は、鹿島神宮に集められて武闘訓練を受け、北九州沿岸に築かれた海防の城砦へ送り出された。

これを『鹿島立ち』という。

防人たちに武闘を教えたのは、鹿島神宮に仕える神官たちで、この伝統は防人の制がなくなった後までも長く続き、戦国期に入ると『鹿島七流』と呼ばれる七つの流派を生んだ。

鹿島神宮と香取神宮は、大利根の大河を挟んでその両岸に鎮座し、ともに武神として古くから信仰されている。

戦国期に『鹿島七流』といわれるほどの隆盛を見たのも、鹿島の神と香取の神への信仰が、東国の武威をささえていたからに他ならない。

鹿島中古流を伝授された塚原卜伝が、養家先で香取神道流の伝授を受け、さらに神託を得て『一ノ太刀』を開眼したのは、鹿島信仰と香取信仰の統合に他ならず、これを伝えるという『鹿島新当流』は、まさに松平定信好みの『古武術の精髄』と言えるだろう。

「いつでも参られよ」

兵馬は竹鞭を左手に持ち、右手をだらりと下げたまま、わずかに腰を落とした。

「わが流派には始めもなければ終わりもござらぬ。すでに始まっているとも言えるし、終わっているとも言える」

兵馬が禅問答のようなことを言ったのは、決してはったりや韜晦《とうかい》ではない。

無外流には禅に通ずるところがある。

流祖の辻月丹資茂《つじげったんすけしげ》は、慶安二年（一六四九）甲賀郡宮村字馬杉に生まれた。

月丹、幼名は兵内《へいない》。あるいは無外流を学んだ鵜飼兵馬の名も、流祖の初名に由来しているのかもしれない。

寛文元年、辻兵内は十三歳のとき京都に出て、山口卜真斎《やまぐちぼくしんさい》から山口流の剣法を学び、二十六歳で免許皆伝となった。

延宝二年（一六七四）に大望を抱いて江戸へ出たが、近江国や山城国で学んだ田舎剣術など、誰からも相手にされない。

剣術指南の看板を掲げたものの、出入りする門弟もなく、退屈した辻兵内は、麻布の吸江寺に禅僧の石譚《せきたん》和尚を訪ねて、かなり熱心に禅を学んだ。

爾来、二十年にわたり参禅を続けて倦《う》まなかったという。

一法実無外
乾坤得一貞
吹毛方納密
動着則光清

石譚和尚の偈《げ》を得た辻兵内は、月丹資茂と名を改め、大悟して『無外流』を完成したといわれている。

禅の修行と並行して、月丹は多賀《たが》自鏡軒《じきようけん》に居合いを学んだ。

したがって、無外流には禅と居合いが基本にある。

居合い、あるいは抜刀術では、勝負は『鞘の内』にある、といわれている。

無外流の基本は『走り懸かり』にあり、一瞬に間《ま》を詰めて、腰の高さで真横に抜き、そのまま一気に駆け抜ける。

はた目にはたしかにそう見えるが、無外流『走り懸かり』の太刀筋は、それほど単純なものではない。

一閃したかに見える太刀筋は、途中から鋭く反転し、眼にも留まらぬ速さで二閃しているのだ。

初めは低い位置から逆袈裟に斬り上げ、瞬時にして剣をひるがえすと、次は頭上から袈裟がけに斬り下げる。必殺の剣といえるだろう。

その速さで『寸止め』は利かない。

小田半之丞も、さすがに鹿島新当流の正統を名乗るだけあって、『鞘の内』にある兵馬の気迫を読み取り、膂力《りょりょく》に任せて安易に動こうとはしなかった。

これは簡単なことのように見えてそうではない。

兵馬は『鞘の内』に気迫を籠めているが、はたからは気づかれないような静けさで、いわば氷のように冷たく燃えている青い炎に似ている。

対する小田半之丞は、誰の眼にも明らかな闘志をみなぎらせ、触れれば火傷《やけど》しそうな灼熱の鉄塊を思わせる。

その半之丞が兵馬の『鞘の内』を読み取って、虚を見せないようにしているとしたら、この男の技量も相当なものと認めなければなるまい。

定信の顔色がさらに青くなって、ときどきパッと紅潮するように見えるのは、古道を好む老中にも、武闘家の技倆を見抜く眼が備わっているからだろう。

静養中の老中が顔青ざめているというのに、すぐ側にひかえている近衆や側衆で、一人として主君の体調を気遣う者がいない。

それもそのはずで、定信の身辺を固めている、前髪立ちの近衆や、屈強な側衆たちは、いずれも一流の域に達した遣い手たちで、鵜飼兵馬と小田半之丞の立ち合いを、固唾《かたず》を呑んで見守っているからだった。

定信は青ざめながらも、額に汗を滲ませている。

広々とした練兵場が、凍り付いたように動かない。

これは『形』と『無形』の試合というよりも、戦国期から踏襲される甲冑を装着した刀法と、江戸期に入って禅宗の哲理を取り入れた剣術との違いで、もし激しい動きに持ち込めば、膂力にまさる半之丞が有利、秘められた気迫の競り合いとなれば、兵馬の方に分が出てくる。

この場の誰一人として、声を発することができず、身動きすることさえ躊躇《ためら》われたのは、わずかな変化が一瞬にして勝敗を分けることがわかっていたからだ。

すなわち、この試合に臨んだ、仕手《して》も、見者《けんじゃ》も、そのことを理解できるだけの技倆を持っていた、ということになる。

兵馬の構えは、一見して隙だらけのように見える。

わずかに腰を落として、左手に細い竹鞭を持ち添えているが、右手は遊んでいて、ぶらぶらと宙に浮いているとしか思われない。

小田半之丞は気迫に充ちていた。

六尺ゆたかの上背に、三尺三寸の木太刀を大上段に構えれば、九尺三寸の巨大な影となって、兵馬の身体を押し包んだ。

半之丞は上段の構えから、ゆっくりと木剣を下げ、正眼に構え直して、摺り足を遣ってじりじりと押す。

兵馬は押されながらも退かず、これも摺り足で半歩ばかり前へ出る。

半之丞の木剣はわずかに下がり、下段の構えとなって、さらに半歩進む。

兵馬の右手が、ぴくぴくと動き、宙をつかむかに見えて、ぴたりと止まった。

半之丞はじりじりと半歩だけ左に廻り込むと、ふたたび重い木剣を引き上げて、大上段に構える。

そのとき、小さな黒い影が、視界の片隅に入った。

春風に浮かれた玄鳥《げんちょう》が、低空を滑走しながら弧を描いていたが、みなぎる殺気に驚いて、ふたたび高く飛翔したのだ。

その一瞬を逃さず、兵馬は激しく地を蹴っていた。

ぶらぶらと遊んでいた右手が竹鞭にかかり、よくしなる細身の竹が、半之丞の逞しい上体に向かって閃光のように襲いかかった。

半之丞の木剣が、凄まじい唸りをたてて振り下ろされた。

双方ともに『寸止め』はなかった。

定信や近衆たちが息を呑んで見守る中を、鋭く駆け違えたはずの兵馬が、途中から虚脱したように崩れ落ちた。

わが身ひとつは

一

「どうして、あんなところへ出かけたんですかい」

兵馬が半死半生で、入江町の始末屋に担ぎ込まれたと聞いて、目明かしの駒蔵はさっそく嫌味を言いにやって来た。

「言わねえこっちゃねえ。だから、行かねえ方がいいって言ったんですぜ。あっしの言うことを聞かねえから、こんなことになったんだ。半殺しの目に遭ったんだって。まったく、なんてざまでえ。みっともねえったらありゃしねえぜ」

口汚く罵る駒蔵を、お艶は苦笑を浮かべながら軽くたしなめた。

「あまり酷いことは言わないでくださいな。怪我人の傷口に響きますから」

言われて駒蔵はなおも調子に乗って、

「ざまあみやがれ、と言いてえところだが、あっしもそこまで人が悪くはねえ。おめえさんたちは勘ちげえしているようだが、これでも世間さまから『ほとけの駒蔵』といわれている情け深え男だ。ためを思って言ってることが、わからねえのかい。なんつったって、あっしの方が世間が広い。つまり、おめえさんよりは知恵ってえものが備わっている。いいですかい、これに懲《こ》りたら、ちったあ人の言うことにも耳を傾けてくだせえよ」

　これまで鬱積していた不満を一気にぶちまけている。

　そもそも『ほとけの駒蔵』といわれている、などということは初耳で、情け容赦もない『鬼の駒蔵』、食らいついたら放さない『蝮《まむし》の駒蔵』、すぐにカッとなる『どやしの駒蔵』、下手人を痛めつける『落としの駒蔵』など、およそ『ほとけ』とは縁の遠い悪名にまみれている男だった。

　もっとも、駒蔵ががなり立てたのは、兵馬の怪我が大したことではないと知ってからで、初めに駆けつけてきたときは、ただでさえ浅黒い顔が青くなって、どす黒く見えるほどに変色していた。

「先生がやられたってのは、ほんとうかい」

兵馬の遭難を知った駒蔵は、浅草の花川戸から本所の入江町まで、取るものも取りあえず、駆け通しに駆けてきたらしく、始末屋にたどり着いたときは、ほとんど半死半生のていで、ぜいぜいと激しく肩で息をつきながら、しばらくは声も出せないようすだった。

「いま姐御が介抱しているところです。怪我人に障るから、誰も近づけないように、と言われていますので……」

立ち番をしていた韋駄天の安吉が、汗臭い駒蔵を室内から押し出そうとすると、

「どきやがれ」

駒蔵は乱暴に突き飛ばして、出入りを禁じられた奥の間に踏み込んだ。

「やかましいぞ」

半死半生で寝ているはずの兵馬が、ふだんと変わらない声でたしなめた。

床の上に起き上がった兵馬の上半身を、甲斐甲斐しく腕まくりしたお艶が、濡れ手拭いで清めている。

お艶の抜けるような白い肌と、兵馬の逞しい筋骨が絡まり合って、まるで男女の濡れ場を覗き見たようなな、なまめかしさが匂ってくる。

駒蔵は一瞬、ぞくっとして、

「なんでえ、生きてるんじゃあねえか」

照れ隠しのような怒声を発した。

兵馬が生死の境をさまよっている、と子分どもから伝え聞いて、泡を食って駆けつけてきた駒蔵は、拍子抜けしたとたんに、猛烈な怒りに駆られたらしい。

見舞いに駆けつけたというよりも、嫌味を言いにやってきたのではないか、と思われるような激しい口調で責め立てた。

「いまもそのことを言っていたんですよ」

怪我人の身体を拭き終わったお艶は、血まみれになった兵馬が、半死半生で担ぎ込まれたときのようすを説明した。

「この人が戸板に乗せられて、運び込まれたときは、ほんとうに生きた心地もしませんでしたよ」

素性の知れない数人の男たちが、重そうに担いできた戸板を、始末屋の前に投げ出したとき、お艶は甲州屋路地にある私娼窟の見廻りから帰ってきたばかりだった。

「あの連中ときたら、まるで襤褸《ぼろ》屑《くず》でも投げ捨てるみたいに、あたしの家の店先に、この人を戸板ごと放り出したんですよ」

始末屋に恨みでも持つ奴らの嫌がらせか、と怪訝に思って、奴らが不法投棄してい

った襤褸屑をよく見ると、
「血まみれになったこの人じゃあござんせんか」
お艶は驚愕のあまり声を失って、前後の見境もなく、夢中で兵馬の死骸に抱きつい
た。
「はしたないようですが、ほんとうに死んでしまったのかと思ったんですよ」
すると、冷たくなっているはずの兵馬の死骸はまだ温かく、お艶か、水をくれ、と
いう声に、生きているんだと狂喜して、これが死に水になるかもしれない、と涙なが
らに冷たい水を飲ませると、
「お艶、いま戻った、と呑気な声で言うじゃありませんか」
それ、医者だ、薬だ、と大騒ぎになり、町医者の玄庵《げんあん》先生に診《み》てもらうと、脈を取
り、疵口《きずぐち》を焼酎で洗ったりした後も、しきりに首をひねって考え込んでいる。
「大丈夫でしょうか、命は取り留められますか、と拝むようにして聞いても、玄庵先
生はあいかわらず首をひねりながら、大丈夫じゃ、命は取り留められる、と鸚鵡《おうむ》返し
に言うばかり、ほんとうに焦れったいったらありゃしない」
こんなことがあるのだろうか、と玄庵先生は思い悩んでいたらしい。
「どこも悪いところはない、と玄庵先生は言うんですよ。脈は正常だし、疵口も二、

三日たてば塞がるだろう、死に損ないにしては元気すぎる、なんて失礼なことを言いながら、なおも首をひねっているんですよ」

お艶の話を聞いていた駒蔵は憮然として、

「とんでもねえ藪医者だぜ。いや、ひょっとしたら、名医なのかもしれねえ。その玄庵とかいう医者の診たてだと、死に損ないの先生には、どこも悪いところはねえっていうんだな。ちぇっ、まったく人騒がせな話だぜ」

しかし、松平越中守の下屋敷から担ぎ出されたとき、兵馬はほとんど意識朦朧《もうろう》として、前後もわからない状態だった。

戸板で運ばれる途中で、兵馬はようやく息を吹き返したが、急に身体を動かさない方がいいと判断して、襤褸屑のように突っ伏したまま、死んだふりをして眼を瞑《つむ》っていたのだ。

小田半之丞か、あの男、思っていたよりは腕が立つようだな。

戸板にゆられながら、兵馬は朦朧とした意識の中で、定信に嵌められて、やむを得ず立ち合うことになったあの男、鹿島新当流の正統を継ぐという小田半之丞のことを考えていた。

あの男には、『寸止め』するほどの余裕はなかったはずだ、と兵馬は思う。

兵馬の遣った無外流『走り懸かり』は、もとをたどれば居合い術の応用で、じりじりと摺り足で詰め寄りながら、相手の呼吸をはかり、機が熟したと見るや、激しく地を蹴って、瞬時にして敵との距離を縮める。

端境《はざかい》に踏み込むと同時に、下段から逆袈裟を浴びせ、斬り上げた刀身を反転させながら飛翔し、さらに躍り込んで、大上段から袈裟懸けに斬り下げる。

一連の動きは瞬時のもので、鋭い太刀筋は常人に見抜けるような速さではない。

かつて宿命の敵に遭遇した兵馬は、この『走り懸かり』に独自の工夫を加えて『飛剣夢想返し』を編み出した（御庭番宰領シリーズ①『弧剣、闇を翔ける』参照）。

その後の兵馬は、ますます無外流の『形』から外れて、いまは『飛剣夢想崩し』と呼ぶ『無の剣』を遣うようになっている。

無とはすべての始まりであり、すべての終わりでもある。

すなわち宇宙と考えてもよいだろう。

輪廻転生はこの『無』の内にあり、この世に生々《せいせい》するもの、この世から消滅するもの、いずれも『無』の内を循環している仮の姿でしかない。

始原でもあり、終局でもあり、そのいずれともしれない『環《わ》』の中にあって、生あるものは終わり無き生々流転を繰り返しながら、さらなる至高へと向かっている。

それが『無』である、と思いながらも、兵馬はあいかわらず俗塵にまみれて、愛欲の絆《きずな》を断ち切れずにいる。

十数年前に別れた妻のことを思い、その女が生んだ、あるいはおのれの子かもしれない新之介の望みを助けようと、のこのこと松平越中守の下屋敷に出かけていったのも、俗情のしがらみに絡みとられているからではないか。

定信に嵌められて半死半生の目に遭い、戸板に乗せられてお艶のもとへ運び込まれ、色気たっぷりの女侠客から、親身も及ばない介護を受けることに、疚《やま》しさを感じることはないのだろうか。

正統の無外流とは明らかに異質な剣になってしまった『飛剣夢想崩し』を、あえて『無の剣』と呼ぶのは、そこに兵馬の満たされることのない願望が、籠められているからであろう。

これは傲慢の罪か、と兵馬は思う。

古流を尊ぶ定信から、剣の『形』と『無形』の優劣を試されたとき、庭に植えられた矢竹の一本を切り取って得物としたのは、おのれの太刀さばきが無類であると、自惚《うぬぼ》れていたからではないだろうか。

無外流から出て無外流を超えた、と自負する『飛剣夢想崩し』は、浪々の暮らしの中で、賭場の用心棒や、御庭番宰領となって、命知らずのならず者や、闇の暗殺者たちと戦っているうちに、おのずから流儀に伝わる『形』から離れ、実戦で鍛えられた『無形』の刀法を編み出さざるを得なかった。

そこに兵馬の不幸がある。

あるいは、人知れぬ栄光がある、と言いかえてもよいのかもしれない。

兵馬は『形』の崩れたおのれの刀法を、新之介には『無粕の剣』などと自嘲してみせたが、ほんとうのことを言えば、『無の剣』であるという自負の方が強い。

そこを定信に見透かされて、あえて細身の竹鞭を武器にして、硬い赤樫で造られた三尺三寸の木剣と立ち合うことになったのだ。

兵馬の遣う『飛剣』とは、どこから襲いかかってくるのか、予想のつかない剣の動きをいう。

これは崩れた『形』がもつ最大の強みで、予想のつかない攻撃を防御することは、型どおりの修行しかしてこなかった道場剣術がよくなし得ることではない。

さらに兵馬の編み出した『夢想崩し』は、無外流の奥義『夢想返し』から変形したもので、いわば『怠け者の刀法』、あるいは『眩暈《めまい》の刀法』ともいうべき不定形の太刀筋だった。

これを怠け者の刀法と言うのは、厳しい剣の修行から遠離《とおざか》っていた兵馬が、加齢による筋力の衰えに応じて、易々《やすやす》と使いこなせるような太刀筋を工夫したからで、いわゆる『無形』の醍醐味を、貪欲に掻き集めたような刀法といえよう。

眩暈の刀法という呼び名は微妙で、正統の『形』を学んできた兵法家たちの立場からいえば、兵馬が遣う『形なき刀法』への蔑称かもしれない。

いわゆる『無形』への眩暈は誰にでもある。

予測不能なものに対する恐れが、厳しく鍛えてきたはずの腕を鈍らせ、一瞬の遅滞が命取りとなって、非業の死を遂げた武術家たちも少なくはない。

眩暈による不覚は、名人上手といわれる武芸者たちも例外ではない。

兵馬が遣う『夢想崩し』は、流派の『形』を重んじる兵法家たちから嫌われる『眩暈の刀法』だったのだ。

鹿島新当流の正統を名乗る小田半之丞も、兵馬の『無形』から繰り出された『眩暈の刀法』を防ぐ手を知らなかった。

下段から斬り上げた細身の矢竹は、半之丞の上体を逆袈裟に鞭打ち、さらに反転して上段から袈裟懸けに打ち据えた。

ほとんど同時に、半之丞が大上段に構えていた三尺三寸の木剣が、猛然と襲いかかり、真っ向から兵馬の頭蓋に振り下ろされた。

兵馬が木剣の代用として使用した矢竹は、源平時代の武士たちが、屋敷の片隅に植えていた特殊な篠竹で、呉竹や孟宗竹のように、太く丈高く育つことはない。

矢竹の形状は矢箭《やせん》にふさわしく、根本から末まで竹幹の太さがほとんど変わらず、細ければ小指、太くても人差し指の外周を超えない。

矢竹はその瀟洒《しょうしゃ》な見かけよりは頑丈で、細くとも折れず、撓《たわ》まず、丈高く、節目も高からず、ほとんど曲がることなくまっすぐに伸び、これで矢箭を拵って戦いに備えるのは、心ある武士のたしなみとされてきた。

武士が勃興した平安朝の末期から、武家が政権を握った鎌倉、室町期をへて、武士の邸宅や城砦には、かならず矢竹が植えられ、矢箭の用材として重宝《ちょうほう》されてきたが、戦国期も末になって、戦場の飛び道具に南蛮渡来の鉄砲が用いられるようになると、弓矢の合戦もすでに過去のものとなり、武士が屋敷内に矢竹を植栽するという古来の習慣も忘れられた。

いまでも古い城砦の跡や、片田舎の武家屋敷には、矢竹の藪が残っていることもあるが、その由来を知る古老たちもいなくなった。

さすがに松平越中守定信は故実に詳しく、築地の下屋敷にも矢竹を植えて、いざというときの変事に備えていた。

たとえ下屋敷が包囲されても、邸内に密生する矢竹を切り取って敵に射かければ、急場をしのぐ武器として、いまでも充分すぎるほど役に立つ。

定信は武家の故実を明らかにすることを好み、甲冑や刀剣も、鎌倉以来の古式を復古させようと、明珍《みょうちん》や後藤家など、高名な職人たちを動員して、平安朝の大鎧など、武家勃興期に用いられた武具の模作を試みているという。

邸内に矢竹を植えたのは、そのような趣味を持つ定信の嗜好《しこう》だが、練兵場の片隅を埋めている竹藪の由来など、もとより兵馬の知るところではない。

兵馬が『そぼろ助廣』を研ぎに出さず、刀匠が打ったうぶの姿にこだわるのは、たっぷりと身幅のある刀身が、鍔元から切っ先にかけて、次第に身幅が細くなってゆく形状の美しさを愛するからだ。

鍔元の身幅に比べて、切っ先が細く伸びているため、刀の重心が手の内にあり、たとえ刃こぼれはしていても、使い慣れたこの剣には、兵馬が工夫した『飛剣夢想崩し』が自在に遣える心地よさがある。

言いかえれば、兵馬の『無形』は、手になじんだ『そぼろ助廣』のために編み出された刀法といえるかもしれない。

兵馬の手が感じる微妙な剣の重さ、あるいは絶妙な軽さが、定まった『形』をもたない『飛剣』をあやつる『夢想崩し』の真髄といえなくもない。

矢竹の鞭を遣った『夢想崩し』は、すばやく斬り上げた逆袈裟と、大上段に斬り下げた袈裟懸けで、小田半之丞を二度にわたって打ち据えたが、疾風のように飛翔した兵馬の動きを見た者はいない。

すばやい動きが見えなかったのは、定信や近衆ばかりではない、たぶん兵馬と立ち合った小田半之丞にも、竹鞭の動きをとらえることはできなかったにちがいない。

大上段から振り下ろされた半之丞の木剣は、兵馬の頭蓋骨を叩き割る寸前で『寸止め』された。

いや、『寸止め』しようとした半之丞の手元が狂って、わずかに兵馬の頭蓋をかすめて、かろうじて『寸止め』されたのだ、というべきだろう。

あるいは、『飛剣夢想崩し』を仕掛けた兵馬は、半之丞の太刀筋を見切って、とっさに身をかわして撃剣を避けたが、粘り着くような半之丞の木剣が執拗に兵馬を追って、鋭く斬り下げた三尺三寸の先端が、わずかに兵馬の頭蓋をかすめた。

「玄庵先生は、ただの脳震盪だと言うんですよ。このまま動かさないように、しばらく静養すれば心配はないだろう。傷は浅い。傷口が塞がるには二、三日を待てばよい。

そう言いながらも、しきりに首をひねって、どうもこの男は不死身らしい。半死半生の目に遭いながら、どこも悪いところがないというのはおかしい、なんてぶつぶつ呟きながら、御自分の診断を疑っているんですから」

おかしいったらありゃしない、と言いながらも、お艶はすっかり安心していた。

「頭部に傷を受ければ、打ちどころによっては、かなりの出血を見るが、これは血管が密集している頭皮が裂けたからで、頭蓋骨に損傷がないかぎり大事には至らぬ、と玄庵先生はおっしゃるんですよ。やっぱり、あの先生は名医なんじゃないですかねえ」

お艶は町医者の診たてを褒めた。

「そうかい。今回の騒ぎは、藪医者変じて名医となる、ってえ顛末《てんまつ》かい」

駒蔵がからかうと、お艶はこわい顔をして睨みつけた。

「ひとの気も知らないで」

お艶はいつもより過敏になっているらしい。

もし三尺三寸もある赤樫の木剣が、まともに撃ち下ろされていたとしたら、と兵馬はあの瞬間を思い出している。

頭皮が裂けるだけでなく、頭蓋骨は砕け、脳漿が飛び散る、という大惨事を引き起こしていたにちがいない。

むろん兵馬は半之丞の反撃を察知し、とっさに飛び退いて身をかわしている。

勝負あった、と見たからだ。

しかし、そのときはすでに遅く、兵馬に先《せん》を取られて逆上した半之丞は、『寸止め』する余裕もなく、赤樫の木剣を振り下ろしていたのだ。

急には止めようのない凄まじい勢いで、三尺三寸の木剣が、兵馬の頭上に襲いかかってきた。

試合に負けた半之丞は、腹いせに兵馬を撲殺しようとしたのだろうか。

兵馬の動きも半之丞の動きも、視覚でとらえるにはあまりにも速すぎて、定信の位置からは、よくて同体、あるいは兵馬が遣った竹鞭は見えず、半之丞の木剣が、一撃で兵馬を打ち砕いた、と見えたかもしれない。

その場に昏倒した兵馬は、口ほどにもない惨めな敗者として、まるで汚れ物でも捨てるように、白河藩下屋敷の門外に放り出され、戸板に乗せて入舟町まで送り返された。

そう考えると、じわじわと屈辱の思いが湧いてくる。

勝ったのはおれだ、という兵馬の自負は、この惨めさを慰めるための役には立たない。

しかし、おれがまだ生きているということは、と兵馬はふと考えてみた。

半之丞がぎりぎりのところで『寸止め』したからではないだろうか。

そうなればあの男は、思っていた以上に腕が立つのかもしれない。

町医者の玄庵が、別状ないと言うからには、半之丞が撃ち下ろした三尺三寸の木剣は、皮膜一枚のところで『寸止め』されたのだ。

それがどのような意味を持っているのか、玄庵先生に命じられた静養を取っているあいだ、ゆっくりと考える時間だけはありそうだった。

二

入江町の始末屋の店先に、大名道具らしい朱漆塗りの女駕籠が乗り付けられた。

「なんだ、なんだ」

「こんなところに、どういうつもりだい」

物見高い連中が騒ぎだすと、あっという間に野次馬どもが集まってきたので、お艶の家の前はときならぬ人垣で埋まった。

女駕籠からゆっくりと姿をあらわしたのは、花にたとえれば蕾《つぼみ》が開く年頃の、匂い立つように美しい姫君だった。

「わっ、ほんものだぜ」

野次馬たちはどっと歓声をあげたが、その響きには少なからず卑猥な調子が混じっていた。

なんせ場所が悪い。

朱塗りの女駕籠が乗り付けたのは、入江町の私娼街を取り仕切っている始末屋で、女侠客として名を売っているお艶の家だったのだ。

しかも駕籠から出てきた妙齢の娘が、まるで絵に描いたようなお姫さまときては、これは遊廓の女郎の変装か、花魁《おいらん》道中の続きではないかと、変な勘ぐりを入れる連中がいてもおかしくはない。

「これはこれは、お姫さま……」

小走りで出迎えた色男の浅吉が、うやうやしく姫の手を取って店の奥へ導いたので、騒々しい野次馬たちも、毒気を抜かれたように黙り込んだ。

「浅古の奴、うめえことをしやがって。ひょっとして、吉原の振り袖新造でも、くわえ込んだんじゃあるめえな」

嫉妬まじりに羨望の声をあげる奴もいる。

「馬鹿を言え。ありゃあ、正真正銘のお姫さまだぜ。いくらなんでも、その辺の女郎なんかとは気品ってものが違う。つまらねえことを言い触らしてみろ、お役人にとっつかまって、打ち首獄門に架けられるぞ」

隣にいた男がたしなめると、

「しかし、浅吉の野郎、やけになれなれしく、手まで取りやがって。お姫さまの方も、平気な顔をして手を握らせていたぜ」

するとその男の古女房が、横合いから口を挟んだ。

「浅吉のような色男に手を握られて、嫌だと思うような女はいませんよ」

それを聞いた亭主は思わず逆上して、

「てめえ、先《せん》からその気があったのか」

胸ぐらをつかまれた古女房も負けていない。

「それが悪いか。おまえさんの不細工な顔に聞いてみな」

お姫さまの噂はどこへやら、いきなり痴話喧嘩を始めたので、それをしおに野次馬たちも三々五々引き上げていった。

「まあ、小袖ちゃん。今日はずいぶんとおめかしね」

お艶が嬉しそうな顔をして迎えに出た。

「おめかしだなんて、おばさまも人の悪いことを言うのね。いつもこんな窮屈な格好をさせられているのよ。すこしは可哀相だと思ってもらいたいわ」

お姫さまに似合わしからぬ伝法な口を利いたのは、下町育ちの地が出たというよりも、堅苦しい武家屋敷の慣習に縛られている姫にとって、ここにはまるで実家に帰ったような気安さがあるからだろう。

湖蘇手姫が入江町を訪れるのは、堀田原馬場で馬を責めたときの寄り道で、いつもは騎乗しやすいように凛々しい若衆姿に扮している。

姫君らしい衣裳を着けたままで入江町に来たのは、おそらく初めてのことだったかもしれない。

「そんなことよりも……」

と姫は真剣な顔をして言った。

「おじさまが、半死半生の目に遭ったってのは、ほんとうなんですか」

幼い頃から兵馬と一緒に暮らしていた姫は、たとえどんな強敵があらわれようと、兵馬が負けるなどということは信じられなかったのだ。

恩出井屋敷に駆けつけた韋駄天の安吉から、兵馬が半死半生で担ぎ込まれたと聞いても、冗談ではないかと疑ったくらいだった。

入江町まで朱塗りの女駕籠に乗って来たのは、いつものように男装するゆとりがなかったからで、まさか野次馬たちに出迎えられようとは、思ってもみないことだった。

「それがね……」

お艶は言葉尻を濁した。

「あたしたちは止めたんだけど、あの人は出かけて行ったのよ。こんなことになるんなら、たとえ武者ぶりついてでも、あの人をやるんじゃなかったと思うけど、悪い予感って当たるものなのね。血まみれになったあの人が、戸板に乗せて運び込まれたときは、心臓が止まるくらい驚いたわ。でも、ねえ……」

お艶は息を継いだ。

「死骸かと思って、夢中で抱きついたら、あの人ったら、ぱっちりと眼を開いて、お艶、いま戻った、なんて呑気なことを言うのよ」

お艶はあのときの情景をなんども反芻《はんすう》しているらしい。

「嬉しいやら、腹が立つやら、悲しいのか、悔しいのか、自分でもわけがわからずに、大急ぎで玄庵先生を呼びにやると、あの先生ったら、診療を済ませて傷口に練り薬を塗った後も、しきりに首をひねって、はてな、はてな、と考え込んでいるの。焦れったいったらありゃしない」

町医者の玄庵が帰ってからしばらくすると、お艶はまたまた兵馬の症状が心配になってきたようだった。

「おじさまはどうしているの？」

姫にはそのことの方が気になる。

「奥の間で眠っています。明日の晩まで起こさないでくれ、二、三日も眠れば治る、なんて言っているけど、このまま眠り続けて、もし目ざめなかったらどうしよう」

お艶は女俠客の矜恃《きょうじ》もどこへやら、まさかと思っていた兵馬の遭難に気も動顚《どうてん》して、ただの愚かしい女になっているらしい。

「じゃあ、会えないのね？」

お艶はすまなそうに、

「せっかくだけど……」

ひ弱な雛鳥を守る雌鳥のような、固い表情を崩さなかった。

すると、奥の間から声があって、

「小袖が来ているのか。かまわぬ、こちらへ通せ」

女たちの話し声で眼を覚ましたのか、兵馬はいつもと変わらない口調で姫を呼んだ。

湖蘇手姫の顔がパッと輝いた。

「おじさま……」

恩出井屋敷に引き取られてから、兵馬が姫を昔の名前で呼んだことはない。

いま、初めて、わたくしの名を呼んでくれた。

姫は沈んでいた気がはじけ、小袖と呼ばれていた昔の小娘に戻ったかのように、小走りに奥の間に駆け込むと、かつて養父だった男、賭場の用心棒をしながら育ててくれた男、そして長いこと一緒に暮らした男の、あの頃と変わらない逞しい胸へ、夢中になって飛び込んでいった。

「死んでしまったかと思ったじゃないの。どうして危ないことをやめないの。馬鹿よ。おじさまったら、大馬鹿のこんこんちきよ。人に心配ばっかりかけさせて。もういい歳なんだから、大怪我をするような真似をしては駄目よ」

小袖はまるで幼女にでも戻ったかのように、小さな拳をぎゅっと握りしめて、兵馬の胸を小刻みに叩き続けた。

「おいおい、見舞いに来たはずじゃなかったのか。お年頃の姫君にしては、ずいぶん手荒なお見舞いだな」

兵馬は照れ臭そうに姫を抱きながら、こうしてこの娘《こ》を抱いてやるのは、何年ぶりだろうかと考えていた。

遠国御用に出かけて、遅くまで帰らないことがあっても、まだ幼かった小袖は、部屋の明かりを灯すこともできず、暗闇の中でふるえながら、ひとり兵馬の帰りを待っていた。

何も食べていなかったのか、ガリガリに瘠せている身体を、ぎゅっと抱きしめれば折れてしまいそうに思われて、毀《こわ》れものでも扱うようにそっと抱きかかえた。

兵馬の腕には、痛いほど小袖のふるえが伝わってきたが、じっと抱きしめてやると、しだいにふるえは収まり、一人で泣き濡れていたにちがいない小袖の顔に、晴れやかな笑みが戻ってきた。

小袖が湖蘇手姫となってからは、兵馬はわざと距離を置いて、姫さま修行の障りにならないよう気を配ってきたが、久しぶりに抱きしめてやると、まだ幼女だったあの頃の、甘やかな香りが甦ってくるような気がした。

「まあ、小袖ちゃんにはかなわないわね。ほんと、羨ましいこと」

遅れて奥の間に入ってきたお艶が、なぜか頬を赤らめてため息をついた。

三

兵馬がふたたび眠りについたので、お艶と湖蘇手姫はたがいにそっと目配せすると、邪魔にならないよう茶の間に移った。

しばらくは女二人だけで、取り留めもなく積もる話をしていると、

「姐御、ちょっと顔を貸してください」

明かり障子を薄めに開けて、色男の浅吉が低い声で言った。

「遠慮はいらないよ。いつものように入っておいで」

お艶が気さくに声をかけても、なぜか浅吉はもじもじして、なかなか入ってこようとはしなかった。

「どうしたんだい。焦れったいね」

お艶にせかされて、浅吉は遠慮がちに、顔が見える範囲だけ障子を開けて、

「たったいま、若いおさむらいが、鵜飼さまはご在宅か、と訪ねて来たんですが……」

いつも陽気な色男が、どういうわけか顔面蒼白になっている。

「どうします、姐御。ここは居留守を使って、引き取ってもらいますか」

浅吉はあたりを憚《はばか》るような低い声で言った。

「何かあったのかい。顔色がよくないよ」

お艶は心配そうに聞いた。

「来たんですよ」

いつもとようすが違っている。

「何が来たのさ」

お艶が焦れったがるほど、浅吉の言うことはどこか歯切れが悪い。

「ほら、あれですよ……」

ちらちらと湖蘇手姫の方を見ながら口ごもった。

「あれじゃわからないよ」

お艶からわざと邪険に言われて、浅吉はようやく腹を括えたらしい。

「つい先だって、駒蔵親分がわざわざ教えに来てくれた例の一件です。訪ねて来たのは、うちの先生を敵と狙っている若い御武家ですよ」

すらすらと一息に言った。

「まさか。何かのまちがいじゃないだろうね」

お艶は眉をひそめた。

「あっしがこの眼で確めたことです」

いまから十日ほど前、浅吉はぶらりと出かけた両国橋のたもとで、鵜飼兵馬を捜しているという若い武士を見ている。

そのときは、さして気にすることもなかったが、目明かしの駒蔵に、気をつけろ、先生は狙われているぜ、と言われて戦々兢々《きょうきょう》となり、お艶の姐御が仇討ち騒ぎに巻き込まれないようにと、願わない日とてはなかったという。

両国広小路の雑踏の中で、兵馬を捜しているという若侍を見たといっても、面と向かい合ったわけではないので、浅吉は当の相手に顔を知られてはいない。

しかし今日になって、鵜飼兵馬を訪ねて来た若い武士の顔を見たとき、浅吉は「あっ、こいつだ」と思ったとたんに、ざわざわと髪の毛が逆立って、せっかくの色男も台なしになった。

「どうしますか」

いつも物事をてきぱき処理する浅吉が、いまは妙にオドオドして、まともな考えが浮かばないようだった。

「どうするって、他にどうにかなるのかい。そのおさむらいは、あの人がここにいることを突きとめたうえで、決着を付けようと思って乗り込んで来たんだろう。いまさら居留守を使ったって、追い返すことなんてできはしないさ」

お艶はぎゅっと唇を嚙むと、腹をくくったように、

「いいよ。あたしが出て、話をつけようじゃないか。はばかりながら始末屋のお艶、もめごとの始末ならお手のものさ」

お艶がおくれ髪を直して店先に出ようとすると、狼狽《うろた》えた浅吉は居間の出入り口に立ちはだかって、大事な姐御を部屋の中へ押し返そうとした。

「そいつはいけねえ。なにも姐御が出ることはありません。あっしがなんとかしますから」

お艶はやんわりと浅吉を押し退けながら
「そんなこと言って、おまえはふるえているじゃないか」

お艶と浅吉が、行く、行かせない、と言って揉み合っていると、

「色々と事情があるようだけど、そんなときには、何も知らない方がうまくゆくものよ。ここはわたくしにまかせなさい」

小袖の湖蘇手姫は、武家の作法を習ったばかりの優雅なしぐさで、お艶の傍らを音もなくすり抜けた。

「お待たせいたしました」

しとやかに進み出た湖蘇手姫は、お引きずりの裾さばきも優雅に、気さくな下町娘とも、大身旗本の御息女ともつかない、よそ行きの口調で問いかけた。

「どのようなご用件でございましょうか」

兵馬を訪ねて来た若い武士は、いつまでも待ちぼうけを食わされて、途方に暮れていたらしい。

姫の姿を見ると、気押《けお》されたように固くなった。

「不躾《ぶしつけ》ながら、こちらは鵜飼兵馬さまの御屋敷でございましょうか」

この人、お気の毒に、こちこちになっているわ、と思うと、小袖はなぜか喉元まで可笑しさが込み上げ、あやうく噴き出してしまいそうになった。

「御覧のとおり、ここは御屋敷などではございませんが、鵜飼のおじさまには仮の宿、いいえ、むしろ実家のようなところでございます」

乙《おつ》にすまして言いながら、小袖はなぜか口元がほころんできた。

「ああ、よかった。まちがって、よその御屋敷に来てしまったのかと思いました」

これまで緊張していた若い武士は、ほっとしたように胸を撫で下ろした。

「わたしは、弓月藩の瀬田新之介という者です。鵜飼さまがお怪我をなさったと伺い、大慌てでお見舞いに参ったのです」

小袖は笑みを浮かべたまま、いま言われたばかりの名前を思い出そうとして、可愛らしく小首をかしげた。

いくら思い出そうとしても、姫は瀬田新之介の名も、この若い武士が、兵馬とどのような繋がりがあるのかも聞いていない。

「鵜飼のおじさまとは、どのようなご縁でございましょうか」

小袖が不審に思って問いかけると、新之介は急に親しげな笑顔を浮かべた。

「わたしも鵜飼さまのことを、おじさまと呼んでいます」

どのような縁なのかよくわからないまま、小袖も初対面の若い武士に、いかにも親しげな笑顔を返した。

「じゃあ、わたくしと同じですね」

「同じです」

二人は同時に笑いだした。

「わたしの母が、鵜飼さまと親しかったと聞いております。それで、おじさまと呼んでいるのです」

新之介は無邪気な顔をして説明した。

「わたくしの母も、鵜飼のおじさまと親しかったのです」

しかし小袖の方は無邪気というわけにはいかない。

小袖の母は津多姫といって、下総の湖沼地帯を支配してきた恩出井家の息女だった。

恩出井家は、東国に覇を唱えた平将門の血に繋がるという古い一族で、その嫡家に生まれた美女は『水妖』と呼ばれ、水の信仰に繋がれた一族の巫女となる宿命を背負わされていた。

古い血の因習を断ち切ろうと、ひそかに江戸へ逃れてきた津多姫は、禁断の恋の相手、津賀《つが》鬼三郎《きさぶろう》とのあいだに出来た一粒種を身籠もっていた。

それが湖蘇手姫、すなわち小袖の出生に関する秘事だが、その辺のくわしい事情は知らされていない（シリーズ②『水妖伝』参照）。

お蔦と名を変えて、深川の色町に身を沈めていたとき、津多姫はやはり陋巷《ろうこう》に身を沈めていた鵜飼兵馬と知りあって、深川蛤町の裏店に仮の所帯を持った。

小袖が育ったのは蛤町の裏店で、いつも潮の匂いがする下町だった。

しかし小袖にとっては、まだ幼かったあの頃が、母とともにすごした唯一の日々といえるだろう。

姫の失踪から数年後に、恩出井家は当主を喪《うしな》って廃絶の憂き目に遭い、江戸の深川に隠れ住んでいた津多姫は、お家の大事を憂える老臣たちに連れ戻されて家督を継いだ。

　そのとき幼い小袖は母から置き捨てられている。

　御庭番倉地文左衛門の宰領となって、遠国御用に出ていた兵馬も、留守中に起こったお蔦の失踪を知らなかった。

　母に置き捨てられた幼い娘と、理由もわからないまま愛人に去られた中年男は、おたがいに寄りかかり合うでもなく、離れるでもなく、ほどよい情感を育てながら、八年あまりの歳月をすごしてきた。

　それから八年後における、お蔦、そのときはすでに『水妖』となって、湖賊たちに『水のお頭』と恐れられていた津多姫との再会と、それにともなう決定的な悲劇は、これとは別の物語になるだろう。（註・それは『水妖伝』で語られた物語である）

　幼くして母の愛を知らず、八年後に再会したときには母を喪う、という苛酷な運命に翻弄されてきた湖蘇手姫は、母と兵馬の絆がどのようなものであったかもわからないまま、ひたすら兵馬を慕い、世間でどう取り沙汰されようとも、孤剣に託したおじさまの生き方を信じてきた。

　お蔦は『水妖』となって幼いわが子を捨てた。

かつて小袖はそう思って母を恨《うら》んだ。

しかし、それは『水妖』になるべく宿命づけられた娘を、恩出井家と縁のない兵馬の手に託すことで、一族に伝わる血の呪いを断ち切ろうと決意した母の愛だったのだ。

母のことを思うたびに、湖蘇手姫の胸に鋭い痛みが走るのも当然のことだろう。

新之介は何も事情がわからないまま、それとなく姫の悲しみを察知して、

「鵜飼さまに、お会いすることはできませんか」

すぐに話題を転じて、兵馬の容態を聞き出そうとした。

「お医者さまは、別状ない、とおっしゃっているそうですが……」

小袖は下町娘らしいしぐさになって、

「おじさまは、いままで元気に話していたかと思うと、すぐに深い眠りに入ってしまうのよ。心配ないと言ったら嘘になるわね」

急に幼い顔をして眉を曇らせた。

四

「小袖ちゃん。ちょっと……」

お艶がふだんと変わらない声で姫を呼んだ。

「そこのおさむらいさんに、お座敷へ上がってもらいなさいよ。そんなところで立ち話なんて、大家《たいけ》のお姫さまらしくありませんよ」

照れている新之介にも気さくに声をかけた。

「ごめんなさいね、うちの若い衆が、勘違いしていたのよ。おさむらいさんがあの人を討ちに見えたなんて言うもんですから、失礼ですが、ようすを窺っていたんですよ」

お艶の背中に隠れるようにして、色男の浅吉が照れ隠しに頭をかいている。

「ああ、それで、……ですか」

待ちぼうけを食わされた原因がわかって、新之介は安心したように微笑んだ。

「その声は、新之介どのか」

深い眠りに落ちていたはずの兵馬が、奥の間から新之介の声を聞きつけたらしい。

瀕死の重傷を負ったとは思われない、しっかりとした声だった。

「鵜飼さまは、お元気なんですね」

兵馬の声を聞いた新之介は、嬉しそうに顔を輝かせた。

「べつにどこも悪くない、とお医者さまはおっしゃるんですけどねえ」

るのかは知る由もない。

お艶は初対面の新之介にまで愚痴をこぼしそうになる

「病室に伺っても、よろしいでしょうか」

新之介は若者らしい律儀さでお艶の許可を求めた。

兵馬がお艶の家で世話になっていることはわかったが、どのような縁に結ばれているのかは知る由もない。

さらに大身旗本の姫君が、どうして私娼街の始末屋にいるのか、江戸に出てからまだ日の浅い新之介には、いくら考えてもわかることのない謎だった。

姫と兵馬との縁も定かではない。

ここで出遭ったことは、何もかもが、新之介にはわからないことだらけだった。

しかし、この小さな『人の輪』には、どうやら江戸という町が凝縮されているらしい、ということも、新之介にはすこしずつわかってきた。

国を出るとき、父の瀬田新介が、まるで遺言でもするかのように、江戸に出たら鵜飼兵馬を頼れ、あの人物からは学ぶべきことが多いだろう、と言ったのは、このようなことなのではないだろうか、と新之介は思った。

弓月藩江戸屋敷の留守居役となった市毛平太照信《てるのぶ》も、とうに版籍を剝奪されているはずの鵜飼兵馬を大いに買っていて、野に置くには惜しい人物だと言っていた。

江戸に出てきた新之介が、首尾よく兵馬と遇うことができたのも、市毛平太の示唆によるし、今回も兵馬の遭難を知って、すぐ見舞いにゆくよう勧めたのは、江戸留守居役を務めている市毛だった。

そのとき新之介は、本所入江町の『時の鐘』櫓下にある始末屋が、兵馬の居留している隠れ家だということを教えられたのだ。

どうやら江戸屋敷では、藩とは縁が切れている旧藩士の動向を、逐一知っているらしい、とは思ったが、兵馬の遭難を知って気も動転していた新之介は、そのことにはなんの疑いも持たなかった。

お艶、湖蘇手姫、新之介の三人が薄暗い病室に入ると、

「夢を見た」

と兵馬は言った。

「いい夢ではなかった。わたしの『夢想崩し』が敗れる夢だ」

兵馬の工夫になる『飛剣夢想崩し』は、無外流の『形』から出て、『走り懸かり』や『夢想返し』の境地を経過し、ついに『無形』へ到達した。

いわば究極の剣と言ってよい。

その『夢想崩し』が敗れたとしたら、孤剣に託してきた兵馬の自負は、こなごなに

打ち砕かれてしまうだろう。

「悪い夢を見た」

兵馬はめずらしく落ち込んでいる。

「それは逆夢《さかゆめ》かもしれませんよ」

新之介が意気込んで言った。

「いや、きっと逆夢です。そうにちがいありません」

小袖も新之介に加勢するかのように、

「きっとそうよ。わたくしはまだ幼かった頃から、おじさまの『夢想返し』開眼の瞬間に立ち合っているのよ。それからさらに進境を重ねて編み出された『夢想崩し』が、そう簡単に敗れるはずはないじゃありませんか」

自信たっぷりに断定した。

小袖は根拠もなくそのようなことを言ったわけではない。

いまの小袖には兵馬の剣が見えている。

それはお姫さま修行の賜物だったかもしれない。

恩出井家のお姫さま修行に剣術や馬術は欠かせない。

草深い関東に蜂起した平将門は、東西に馬を馳せてたちまち関八州を制覇し、東国の独立を宣言してみずから新皇と称した。

将門の血脈を伝える恩出井家では、遠い先祖の遺徳を慕って、新皇直伝の乗馬と剣術は、嫡系の子女に課せられた必須の技芸とされてきた。

数奇な運命のいたずらで、嫌々ながら恩出井家の家督を継ぐことになった湖蘇手姫も、お姫さま修行として剣術や馬術を習っている。

そもそも恩出井家の湖蘇手姫は、『水妖』と呼ばれた津多姫と、魔剣を遣うといわれた津賀鬼三郎が、命をかけた、禁断の恋によって生まれた運命の子なのだ。

下町娘として育てられていた頃は、昏々と眠ったままであった剣の資質が、お姫さま修行によって、にわかに開花したとしても不思議ではない。

姫は自覚することはなかったが、非業の死を遂げた天才剣士、『霞ノ太刀』の遣い手といわれた津賀鬼三郎から、非凡な剣の素質を受け継いでいたのだ。

湖蘇手姫の剣技は天性のもので、お姫さま芸の領域をはるかに越えていた。

いまは兵馬の剣を知る数少ない知己と言っても過言ではない。

「敗れるはずはない、と自負していた『夢想崩し』が、夢の中では敗れたのだ。これは完成されたはずの『夢想崩し』に、どこか欠陥があるというお告げかもしれない」

兵馬がこう言ったからといって、無智な迷信と笑うことはできない。

いわゆる、秘伝、奥義、といわれるものには、夢のお告げが付きもので、たとえば、鹿島新当流の塚原卜伝は、鹿島神宮に千日間の参籠をして、満願の日、夢に神託を得て『一ノ太刀』を開眼した、と伝えられている。

あるいは、神夢想林崎流の祖、林崎甚助重信《はやしざきじんすけしげのぶ》は、奥州楯岡の林崎明神に祈願し、夢に老翁を見て長柄の益を説かれ、抜刀術の妙技を会得したという。

また、神道無念流の祖となった福井兵右衛門嘉平《ふくいへいえもんよしひら》は、信州飯縄権現に参籠し、無念の境地となって神託を授かり、神道無念流を伝えたという。

いずれも流儀の発明に根《こん》を詰めて、睡眠中も工夫を重ねていた結果とみれば納得がゆくし、超絶的な集中力が発明をもたらした、と解釈すれば理に適っている。

昏々と眠っているあいだも、兵馬は小田半之丞との試合を反芻していたのだ。

試合には勝ったが、勝負には負けた。

あるいは、勝負に勝ったが、試合には負けたのかもしれない。

いずれにしても、それは外見だけのこと、勝敗はすでに『鞘の内』で決していた、と兵馬は思っている。

しかし、兵馬の勝ちを知る者は誰もいない。

兵馬の竹鞭は、瞬時にして半之丞を逆袈裟に斬り上げ、さらに袈裟懸けに斬り下げたのだが、その動きはあまりにも速すぎて、誰の眼にもとまらなかった。

たぶん当の小田半之丞も、大上段から振り下ろした三尺三寸の木剣が、兵馬の頭蓋をかすめるまでのあいだに、おのれの上体が二度にわたって斬られていたことを、気づくことはなかったのだろう。

だが……、と兵馬は思う。

『寸止め』する余裕はなかった、と思われた半之丞の木剣が、現実には兵馬の頭蓋から皮膜一枚のところで止められている。

あの一瞬に、奇跡のようなことが起こったのは、相手の攻撃をぎりぎりでかわした兵馬の絶妙な『見切り』の術といえるのか、それとも、皮膜一枚で『寸止め』した半之丞の卓越した技倆があったからなのか。

いまとなっては、そのいずれとも判明しない。

これが真剣なら、勝負は歴然としている、と兵馬は思う。

小田半之丞は、逆袈裟で斬り上げられ、袈裟懸けで斬り下げられて血の海に伏し、兵馬は無傷のまま駆け違えていただろう。

しかし、もし半之丞が皮膜一枚で『寸止め』にしたのだとしたら……。

そう考えると、兵馬は屈辱感で身を焦がされるような思いがする。

「おじさまが、どうしても『夢想崩し』の工夫を重ねたいとお思いなら、これからはわたくしがお相手をしてあげます」

にこやかな顔をして、湖蘇手姫が言った。

「姫さまは、剣術をなさるのですか」

新之介が驚いた顔をして小袖に聞いた。

「あなたはなさらないの？」

小袖は不思議そうな顔をして問い返した。

「ええ。武芸は苦手なのです」

新之介は学問好きな瀬田新介の嫡男として、漢籍や医学は授けられたが、剣術も馬術も学んだことはない。

それというのも、新之介の関心は書籍に向けられていて、たまたま野外に出ても、橋の構造や水の利用法などに興味を示し、ヤットウの掛け声が響く剣術道場には、どうしても足が向かないからだった。

「剣術など習うことはない」

二人のやり取りを聞いていた兵馬が、ぶっきらぼうに言った。

「あなたは以前どこかの藩で、剣術指南役をしていたのでしょう？　そんな言い方を

「してもいいんですか」

 お艶が咎めるように言ったが、兵馬は憮然としたまま、

「剣術などに浮き身をやつしていた身の果てがこのざまだ。おれのことは仕方ないとしても、あまり人には勧められないな。とくに若い者にはだ」

　やはり弱気になっている、とお艶は眉を曇らせた。

「わたくしだって、好きで始めたわけではないのよ。でも、だんだん面白くなって、いまではやめろと言われてもやめられないわ」

　小袖は下町育ちの小娘に戻ったかのように、形のよい小さな唇を尖らせた。

「初めのうちはみんなそうだ。他人よりも上手にできることが面白く、昨日より今日の腕が上がったと思えば楽しいのだ。やがてそれが癖になる。もっとも癖にならなくては上達もないが、上手になればさらに抜きがたい癖になる。癖が嵩《こう》じればやがてそれが体質になる。体質は人の根幹を支配する。運命にかかわると言ってもよい。途中からその愚かさに気づいても、体質を変えることは容易にはできないぞ」

　やはりこの人は変だ、とお艶は思った。

　いつもはこんなことを言う人ではない、半死半生の目に遭って、考え方がいじけてしまったのだろうか。

「もういいわ。それだけ喋ればお腹も空《す》くでしょう。たまにはおいしい物でも食べなくては、ろくな考えも浮かんでこないわよ」

お艶は茶箪笥から縞の財布を取り出して、耳元でじゃらじゃらと銅銭の音を確かめると、中も改めずに敷居の向こう側にぽんと放り投げ、

「浅吉。そこにいるかい」

色男の浅吉を呼び出して、

「先生には滋養のあるものが必要なの。たまには鰻でも驕《おご》ろうじゃないか。みんなお相伴だよ。おまえも入れて蒲焼きを五つ、いいえ、今日は安吉もいたはずだね。それじゃ、鰻の蒲焼きを六つ。熱いご飯の上に焼きたての鰻をのせてもらうんだよ」

暗い廊下の片隅に控えていた浅吉は、お艶の投げ出した縞の財布を押し戴くようにしたが、その重量を確かめると、

「姐御、ちょっと」

と言って廊下まで呼び出し、

「今月は入りが悪いってのに、大丈夫ですかい」

財布の紐を締め付けながら、心配そうな眼をしてお艶の顔色を窺っている。

「銭なんてものは、必要なときのためにあるんだよ。おまえが気にするなんて、おか

しいじゃないか」

眼から鼻に抜けるような浅吉は、始末屋の会計を任されている。

「でも、あの先生の治療代もありますし、今月は初めから赤字ですぜ」

お艶は腹を立てて、

「それこそ余計なお世話だよ」

しなやかな白い手で、青々と剃り上げられた浅吉の頭をぴしゃりと叩いた。

お艶にしてはめずらしく、よほど気が立っているらしい。

その音があまりにも大きく響いたので、兵馬の枕頭に座っていた新之介と湖蘇手姫は、驚いて廊下の暗がりをふり返った。

「おいおい。何を揉めてるかは知らぬが、乱暴はいかんぞ」

兵馬が間の抜けた声をかけ、どうもすいません、と言って浅吉がお艶に張られた頭を撫でたので、ほんの一瞬で場は和んだが、初めてこんな場面に遭遇した新之介は、居心地悪そうに肩をすくめた。

五

一悶着あった鰻の蒲焼きを、みんなで和気藹々《あいあい》と食べていると、いつも姫に振りまわされてばかりいる恩出井家から、急ぎ御帰宅を、という催促の使いがやってきた。

「ねっ、けっこう大変なのよ」

いたずらっぽく新之介に苦笑して見せた湖蘇手姫が、迎えに来た朱塗りの女駕籠に乗せられて、名残惜しそうに帰ってしまうと、にぎやかだったお艶の始末屋も、なんだか急に寂しくなった。

「しかたないわね」

お艶も気抜けしたのか、帳場を兼ねた茶の間に引き取ると、兵馬の病室に一人残された新之介は、大切そうに携えてきた袱紗を開いて、紙縒《こより》で綴じ合わせた手作りの冊子を取り出した。

「これは留守居役の市毛どのが、ある筋を通して入手されたという貴重な写本ですが……」

まだ墨跡も新しく膠《にかわ》の匂いも消えていない。

「藩政改革の指標にもなるだろうと言われ、特別に貸してもらったのです」

兵馬は床の上に起き上がると、新之介から渡された冊子を手に取った。

序は漢文で書かれている。


『人の行ふべき、これを道と謂《い》ひ、人の道に道《したが》ふ、之を政と謂ふ。道なるや先王の自ら行ふ所以《ゆえん》なり。後王に至り、政と教と岐《わか》る。是において先王の教、降りて儒者の任となり、先王の道は汚る』


冒頭の文章を読み下して、兵馬は首をひねった。

「これはまた気宇壮大、たいした意気込みだが、はて、どなたが書かれたものであろうか」

新之介は冊子を読んでいる兵馬のようすを見守っていたが、

「もうすこし先を読めば、すぐにおわかりになります」

嬉しそうに言ったのは、兵馬がこれを誉めていると思ったからだった。

兵馬は先を読み進めた。

『秦漢以後、道の行はれざるは、教の下に在ればなり。之を川に譬《たと》ふれば、その流れを澄まさんと欲すれば、必ずや源《みなもと》においてなり。後儒紛々《ふんぷん》として下流にあり、訟《しょう》（争い）を聚《しゅう》（積み重ねる）すれば、道それ行はれんや』


これは儒者の書いたものではないな、と兵馬は思った。

みずから支配者と自認する者でなければ書けない文章だ。

そう思ってさらに先を読み進めると、

『余、茲《ここ》に慨《おも》ふこと有りて、政語十三則を著《あらは》す。蓋《けだ》し之を源に澄まんと欲す、故に論は下流に及ばざるなり』

とあって、末尾には、

『天明八年　初夏　　　　　　白河源定信　撰』

と大書されている。

兵馬はやっと納得したように、

「なるほど、これは白河侯の書かれたものか。天明八年といえば、白河侯は老中首座に就《つ》かれ、さらに将軍補佐に任じられた頃だ。天下の政権を一手に握って、気宇壮大になるのも無理からぬかもしれぬな」

新之介は兵馬の皮肉な口調に気がついたようだった。

「どこか気に入らないところでもあるんですか」

少し切り口上になって問いかけた。

「まだ本文を読んでいないうちから、気に入るも気に入らぬもないが、これは藩政改革の手本にはならないような気がする」

聞いて新之介は気色《けしき》ばんだ。

「どうしてなのですか？」

「先王の道（堯《ぎょう》、舜《しゅん》の治世）を理想とする、これは儒学の建て前だからよしとしよう。秦の始皇帝、漢の劉邦が天下を取るようになった頃から、政教が分離して複雑な政治機構になったことも事実だ。しかしこれは二千年前の話ではないか」

いまの世とはだいぶ事情が違っているはずだ、と兵馬は言う。

いうなれば、これは定信が非難している腐れ儒者の言いぐさと同じで、実状を見ずに能書きを垂れているだけにすぎない。

それはまあ仕方がないとしても、と兵馬は続けた。

「しかしそのあとに、『後儒紛々在下流聚訟』とあるのはどうかな。下々の者があれこれ言うから政治が乱れる、と言いたいのだろうが、これは権力を握っている者の考え方としては危険ではないのか。下々の意見が封じられて、上意下達が徹底すれば、たしかに効率はよくなるかもしれないが、そこに暮らしの潤《うるお》いはない。おのれの保身のみに走る連中が、上役の意向ばかりを気にして右往左往する。そのようなことになれば、生き甲斐も何もあったものではあるまい」

少し言いすぎたかもしれない、と思って兵馬は言葉を和《やわ》らげた。

「いやいや、藩政改革の手本にはならぬかもしれぬ、と言ったのは、末尾に『故不論及下流』とあったからだ。ここでは根本原理だけを説いて、下々のことには触れない、と断り書きがしてあるからには、そなたが望むようなことは書かれてはいないのではないか、と思ったのだが、まだ本文も読まぬうちから即断はいかんな」

初めは驚き、次は兵馬の言うことに反発し、最後にはうなだれていた新之介も、これを聞いて急に元気を取り戻したかのように、

「そうです。そうなのです。『政語第十一則』に『新田開墾の事及び賢才に任ずるの法を論ず』という章があります。越中守さまは下々にまで眼を配っておられるのです」

冊子の第十一則を開いて兵馬の前へ差し出した。

『新田開墾の事、地理により時節によりて、一定の法はあるまじき事なり』

そりゃ当然だろう、と思って、兵馬はその先を読む。

『いづれにても其の始めはかならず上の利便を求むべからす、且つ掌職のもの其の人に非《あらざ》れば後々の利益を成就しがたし』

事業を始めたからといって、初めから利益を引き出せるものではない。適材適所に優秀な人材を配置しなければ、将来の成功はおぼつかない。

これも道理だ、と兵馬は思う。

ではどのような人材を用いるべきか。

『まことに精力つよく明敏にして其の事になれたる者をして、郡邑のよろしきを見、科条（法律）を明らかにして有司（役人）の者を責めて、官銭をおしまず民心を愛し、耕作の具、牛馬のたぐひを、新たに集まる民、或いは他所より立ち返りたる者に与え……』

兵馬の傍らから冊子を覗き込んでいた新之介が、

「そこに書かれている『精力つよく明敏にして其の事に慣れたる者』とは、まさに鵜飼さまのことではありませんか。越中守さまは、やっぱり人を見る眼がおありなのです」

嬉しそうに言ったが、兵馬はむしろ鼻白んで、

「いやいや、わしのことはどうでもよいが、ここに『郡邑のよろしきを見、科条を明らかにして有司の者を責め』と書かれている働きぶりは、そなたの父御瀬田新介どのに似ている。ただし貧乏な弓月藩では、とても『官銭を惜しまず』というわけには参るまい」

そう言いながらも、兵馬にはどこか違和感があり、さらにこの文面を読んでいるう

ちに、瀬田新介とはむしろ正反対と言っていい、ある男を思い浮かべていることに気づいた。

冊子を手に取って『科条を明らかにして有司の者を責め』という文面を、もう一度ぼんやりと眺めた。

そのとき、突如として兵馬の脳裏に、白河藩中屋敷で立ち合った微塵流の遣い手、血まみれになった赤沼三樹三郎の凄惨な姿が、まるで真昼の亡霊のように浮かびあがった。

赤沼三樹三郎、あの男こそ、定信が望んでいたような、『精力つよく明敏にして其の事になれるた者』であったのかもしれない。

影同心と呼ばれて、白河藩の百姓たちから蛇蝎《だかつ》のように忌み嫌われていたあの男は、ひょっとしたら『郡邑のよろしきを見、科条を明らかにして有司の者を責め』という密命を帯びて、領内を巡検していたのではないだろうか。

赤沼三樹三郎が、影同心として白河藩領で暗躍していたのは、天明の大飢饉と呼ばれ、東北各地に数十万人という餓死者が出た時期と重なっている。

奥州無宿の五助《ごすけ》が、あれほど赤沼三樹三郎を恐れていたのは、影同心と呼ばれたあの男が、藩の密命を帯びて郡邑を見廻り、科条をたてに些事《さじ》を咎め、村役人の取り締まりが手ぬるい、と言って厳しく責め立てたからではないだろうか。

白河藩の要職にある武士が、人知れず闇討ちにあったのもその頃のことだという。

表向きは病死とされたが、実は赤沼三樹三郎に斬られたという噂があった。

しかし、暗殺者と目《もく》された赤沼三樹三郎が、下手人として処刑されたとは聞かないから、藩から下された密命であったことはまちがいない。

最後の任務を遂行して、卑劣なからくりを見抜いた三樹三郎は、白河藩中屋敷に斬り込んで、邸内に死骸の山を築いた。（シリーズ④『秘花伝』参照）

変幻自在の微塵流に手を焼いた定信は、御庭番倉地文左衛門に命じて、宰領の兵馬に殺人鬼と化した赤沼三樹三郎の斬殺を依頼してきた。

このままでは血狂いしたあの男から、何人が殺されるかわからない。

白河藩中屋敷は戦々兢々としていた。

鉄砲隊に囲まれた赤沼三樹三郎に、兵馬は尋常な立ち合いを申し出て、武士の誇りだけは守ってやったのだ。

真剣で立ち合ってみてわかったことだが、赤沼三樹三郎は武士としては立派な男で、散りぎわもみごとであったとしか言いようがない。

剣と恋に生きた三樹三郎が、白河藩の百姓たちから、蛇蝎のように忌み嫌われたのは、あの男が遂行した影の任務があまりにも苛酷で、わずかな親しみや優しさも、入り込む余地がなかったからにちがいない。

武士として恥じるところはない。

しかし、与えられた任務を遂行するために、あの男は鬼畜にも比すべき非情さを押し通した。

優秀な人材を配置する、といっても、与えられた任務によっては、優秀であればあるほど危険な存在となる。

もし三樹三郎が凡庸な男だったとしたら、白河領内の百姓たちに、あれほどの恐怖を植え付けることもなかっただろうし、闇討ちに遭った藩の重職たちが、ただの一太刀で斬られることもなかったにちがいない。

あれほどの剣客を……、と兵馬は思う。

殺人と、恐怖の具として、使い捨てた。

そして用なしになった三樹三郎を消すために、同じような密命を帯びた大流の遣い手、青垣清十郎が刺客として差し向けられた。

二人の暗殺者は、それぞれが、相手を、抹殺せよ、という密命を受けていたのだ。

非情な任務を命じておきながら、用がなくなれば容赦なく切る。

その男が表沙汰にできないような任務を遂行してきたからだ。

穢れや濁りは人知れず清めなければならない。

定信が言う『その流れを澄まさんと欲すれば、必ずや源においてなり』とは、裏を返せばそういうことなのではないのか、と思って兵馬は啞然とした。

微塵流の赤沼三樹三郎も、天流の青垣清十郎も、下流の濁りとして処理された。

上流は濁ることがない。

むらむらと怒りが湧いてくる。

三樹三郎や清十郎の影働きによって、天明の大飢饉を乗りきった白河藩主松平定信は、藩政改革の成功者として『名君』の名をほしいままにした。

天明五年十二月一日、越中守定信は溜間詰《たまりのまづめ》となり、翌年の六月には老中首座に任じられ、天明八年三月には将軍補佐となって、幕政の実権を一手に握った。

新之介が持ってきた『政語』と題された小冊子は、この前後に書かれたものであろう。

「わたしには冷静な判断ができないかもしれない」

込み上げてくる怒りを抑えて、兵馬は低い声で言った。

「なぜです？」

新之介は心外そうに聞いた。

「この文面を読むと、その背後にある忌まわしい現実が思い浮かぶのだ」

血まみれになって妖刀をふるっていた、幽鬼のような赤沼三樹三郎の姿が、いまも脳裏から離れない。

妄念を追い払おうとしたが無駄だった。

「その白い紙の裏に、赤い血が見える」

新之介は気色ばんだ。

「越中守さまは、美辞麗句を連ねているだけだと申されるのですか？」

いや、と兵馬はこれまでとは違うことを言った。

「そこに見えているものは政事だ。決して口当たりのよい文面ではない」

言いかえれば、単純すぎるほどの支配の構図だ、と兵馬は思う。

「でも、このように書かれているところもあります」

新之介は兵馬の手から冊子を受け取ると、寺子屋で漢文の素読でもするような口調で、元気な声を張り上げて読み始めた。

『それぞれの職位に任ぜらるるには、左右近臣のそしりと誉《ほま》れとにかかわらず、広く問ひ深く察して、必ず言《げん》と行《こう》とを見て其の才をはかり、その人相応の職を授けらるべし。もし疑はしくば、必ず任じ給ふべからず。すでに任じ給はば、一切をその人に任せて疑い給ふべからず』

冊子の文面を読みながら、新之介は兵馬の顔色をちらちらと窺っている。

越中守さまとは昵懇の仲、と市毛どのは言っていたが、お二人のあいだに何か気まずいことでもあったのだろうか、と新之介は素朴に疑ってみた。

そうでなければ、母の好きだった鵜飼のおじさまが、昵懇の仲と言われた越中守さまの書き物に、あんな意地悪な見方をするはずはない、と新之介は思っている。

どこか落ち着かない新之介のようすを見た兵馬は、気を取り直したように言った。

「まあ、そこに書かれていることを額面どおりに受け取れば、松平越中守の考え方は、人材登用の姿勢としては、真っ当すぎるくらい真っ当かもしれない」

まだどのような色にも染まっていない新之介に、あまり恣意的な考えを押し付けてはなるまい、と兵馬は自制した。

「たとえば、弓月藩執政の魚沼帯刀どのが、そなたの父上瀬田新介どのが隠し持っていた才能を買われ、藩政改革の一翼を担う地位にまで引き上げたのは、たぶん越中守と同じように考えたからであろう」

しかし、定信がそうであるように、魚沼帯刀にも二律背反する政治的な駆け引きがあることを、兵馬は身をもって知ることになる。（シリーズ①『飛剣、闇を翔ける』参照）

「それは、必ず言と行を見てその才をはかり、その人に相応する職を授けらるべし、とあるくだりですね」

新之介は無邪気に喜んでいる。

兵馬はさらに続けた。

「もし疑わしくば、必ず任じ給うべからず、という潔癖さもある」

そう言いながらも、はたして潔癖と言えるだろうか、と兵馬は疑っている。

これを書かれたのが、溜間詰になる前だったとしたら、定信の潔さを認めてもよい。

しかし、定信がこの文章を書いたのは、たぶん老中首座となって、権力の中枢を掌握していた頃だ。

そうなると、その後に続く、すでに任じ給わば、一切をその人に任せて疑い給うべからず、というくだりが問題になる。

すでに権力の中枢にある定信は、いったん最高職（老中首座・将軍補佐）に任じたからには、幕政のすべてを自分の裁量に任せて、将軍であれ、同輩であれ、横合いからあれこれと文句を言うな、と釘を刺しているわけだろう。

別な言い方をすれば、このくだりは、定信の独裁宣言ということになる。

危ないな、と兵馬は思った。

定信が凡庸な政治家ではなく、たしかにどこか非凡なところがあるだけに、危険もまたそれ以上に大きいかもしれない。

「鵜飼さまも、越中守さまの非凡な才を、認めておられるのですね」

新之介は嬉しそうに言う。

これも危険だ。

「あるところは非凡ではあるが、それがすべてではない」

若い新之介の意欲をそぐことなく、現実を知らしめることは難しい。

「非凡な支配者の危なさも知っておかなければならないのだ」

あまりにも現実に密着すれば、理想を求めようという英気を失ってしまう。

「大切なのは、おのれの眼で確かめることだ。あれこれと考えるのはその後でよい。この世を危うくするのは、実体を離れた思い込みだからな」

定信の論調にはその危険がある、と兵馬は思ったが、新之介におのれの眼で確かめさせるためには、よけいなことは言わない方がいいのかもしれない。

実体を離れた思い込みが危険だとしたら、定信よりもむしろ新之介の方ではないか、という気がする。

新之介の若さが理想的な『名君』にあこがれ、二律背反する政治性を見抜く眼を曇らせているのだ。

「そのために江戸に出てきたのです。この眼でさまざまなことを確かめてみたいのです」

八年前の前髪姿をしていた頃とすこしも変わりなく、新之介は好奇に満ちた眼を輝かせている。

松平越中守さまの日通りを得たい、と言わなかったのは、兵馬が遭難したのは、どうやら越中守の下屋敷であり、そのことから『昵懇の仲』であった二人が、おたがいに気まずいことになっているのではないかと疑って、この時期に『名君』との橋渡しを頼むことを遠慮しているからだった。

新之介は、いまだに松平越中守への謁見を諦めてはいなかった。

六

前の日には朱塗りの女駕籠、今日は黒漆塗りの大名駕籠。

入江町の始末屋には、二日も続けて場違いな乗物が迷い込んだ。

「いってえ、どうなってるんだい」

野次馬どもが騒ぎだした。

「お姫さまと殿さまか。岡場所の女郎ども相手の始末屋に、身分ちげえの乗物が、二日も続いて乗り付けるとは、いってえ世の中には、どういうことが起こっているんでえ」

お艶が評判を得たのは、獄門に架けられた亭主の首を、深夜に鈴ヶ森の刑場から盗み出し、盛大な法要を営んだからだった。

刑死した亭主の跡を継いで始末屋となり、甲州屋路地の岡場所で、喧嘩の仲裁や、女郎たちの面倒を見て、気っぷのよさと、人情の厚さから、お艶は女侠客として名を売った（シリーズ①『飛剣、闇を翔ける』参照）。

岡場所の始末屋は、私娼街で起こる揉め事を、円満に始末するのが商売で、よろず苦情うけたまわり人、と言ってもよい。

お艶の亭主だった喜三郎が、鈴ヶ森の獄門に架けられたのは、岡場所の女郎たちが犯した罪を一身に引き受け、みずから人身御供《ひとみごくう》となったのだ。

始末屋が受け取るテラ銭を首代《くびだい》というのは、文字どおりこの仕事には『首』が賭けられているからで、いわば賤業中の賤業と言ってもよい。

兵馬にぞっこん惚れていながらも、お艶が思うように気持ちを伝えることができないのは、身分違いという遠慮があるからだろう。

どう考えても、命と引き換えの賤業を営んでいる始末屋に、大名家のお姫さまや殿さまが、お駕籠を乗りつけることなど、あるはずはなかった。

「女郎が化けたお姫さまと、殿さまに化けた女郎買いか」

憎まれ口を利く奴もいる。

「何を言いやがる。あれは正真正銘のお姫さまだぜ。おめえんところの娘っ子なんかとは、気品というものが違う」

昨日わずかに垣間見た、お姫さまの美しさに、まだ酔い痴れている奴もいる。

「何も知らねえ連中が、勝手なことを言いやがる。勿体ねえが、教えてやろうか。あれはたしか、以前お艶さんのところにいた小袖坊だぜ」

物知り顔に言う奴がいれば、

「あの小袖坊だったら、ずいぶん前に、どこかへさらわれて行ったまま、それっきり戻らねえってえ話だぜ」

声をひそめて噂する奴もいる。

「なんと、そのさらわれた小娘が、お姫さまとなって里帰りさ」

この一言で、せっかくの暴露ばなしもチャラになり、

「そんなお伽噺《とぎばなし》のような話があるはずはあるめえ」

小袖の噂は打ち切られた。

「しかし、あの大名駕籠は本物だぜ」

漆黒の大名駕籠は、羽織袴をつけた二本差しの武士たちに警護され、女郎買いに来た好き者の道楽とは思えない格式がある。

警固の武士のひと睨みに、野次馬たちは首をすくめておとなしくなる。

「あれは空《から》駕籠だぜ」

野次馬の一人が呟いた。

「そう言えば……」

朝の陽光を透して、簾越しに見える駕籠の奥には、殿さまの姿どころか、人らしい

ものの影さえも見えない。

「なんだ、つまらねえ」

昨日は美しいお姫さまを見たように、今日は立派な殿さまの姿が見られるものと期待していた野次馬たちは、駕籠の中身が空っぽだと知って、急に興味を失ったように、三々五々散っていった。

ほんとうは、空っぽの大名駕籠が担ぎ込まれた方が不可解なのに、野次馬どもの興味はそういう方には向かないらしい。

空駕籠に付き添ってきた羽織袴の武士は、始末屋の暖簾を押し分けると、おもむろに威儀を正して、

「こちらに信州浪人の鵜飼兵馬どのはご在宅か？」

と声をかけた。

「へい、さようで……」

色男の浅吉は、格式の高そうな武士の来訪に狼狽《うろた》えて、

「しばらく。しばらくお待ちくだされて、くだせえまし」

妙な返答をしながら、大慌てで奥の間に駆け込んだ。

「姐御、大変だ。なんだか偉そうなおさむれえが、うちの先生はいねえかと訪ねて来

たんですが、どうしましょうか」

奥の間では、病床に横たわる兵馬の枕元で、お艶が水で濡らした絞り手拭いを取り換えている。

「どうもこうもないよ。追い返しておしまい！」

兵馬が半死半生で担ぎ込まれてから、お艶はいつになく気が立っていて、さむらいと聞いただけでピリピリしている。

「だって、姐御。そのさむれえは、漆黒の大名駕籠まで担ぎ込んでいるんですぜ。追い返せったって、あっしの裁量じゃあ、どうにもなりませんよ」

それを聞いた兵馬は病床から半身を起こして、

「ほほう、来たか」

と微笑んでいる。

「その大名駕籠は、たぶん越中守が差し向けたものであろう。かまわぬ。すぐに通してやれ」

それを聞いたお艶は驚いて、

「いけませんよ。越中守さまと言えば、先生を半殺しの目に遭わせた、憎たらしいお大名じゃありませんか？」

ますます表情を硬くしたが、兵馬はなぜか満足そうな微笑を浮かべている。

「そうだ。いまを盛りの御老中だ。空駕籠を差し向けたのは、わたしを無理にでも召し寄せようと思うからであろう。越中守は、まだ下屋敷に滞在しているのかもしれぬ」

嘱望されて老中首座となり、幕政改革に取り組んでいる松平定信は、いつもは江戸城内に寝泊まりするほど多忙を極めている。

お忍びで下屋敷に移って、ひそかに養生しているときの他に、一介の浪人者を召し出す暇などあるはずはなかった。

「およしなさいよ。だって、あまりにも理不尽じゃありませんか。あんなところへ出かけたら、またどんな目に遭うかわかりませんよ」

お艶は必死に止めたが、兵馬は動じなかった。

「越中守はぼんくらではない、ということがよくわかった。わざわざ駕籠を差し向けたのは、立ち合いの勝敗を見極めたからであろう」

兵馬はひとり納得しているが、お艶にはなんのことなのかわからない。

「微妙な勝負ではあったが、わたしの勝ちを認めたのだ。越中守が礼を尽くして迎えるからには、こちらも礼を重んじて行かないわけには参るまい」

お艶は浅吉に任さず、みずから松平家の武士を迎えるために席を立った。

あの人が剣術の試合に負けるはずはない、とお艶は信じている。

それだけに、戸板に乗せて運び込まれたときは驚いたが、天下の老中が礼を尽くして迎えに来たことで、ふたたび兵馬の腕を信じることができそうだった。

お艶は素直に嬉しかったのだ。

「汚いところではございますが、どうぞお上がりくださいませ。鵜飼さまは病床に伏せっておりますので、失礼ですが、奥の間までお運び願えませんでしょうか」

お艶が丁寧に口上を述べると、使いの武士は表情を硬くして、

「いや、ここで結構」

座敷に上がることを拒んだのは、始末屋という仕事についてはよくわからないが、私娼街で賤業を営んでいる女の家に、武士たる者が足を踏み入れるのは、身の汚れになると蔑《さげす》んでいるからにちがいない。

「鵜飼どのにお伝え願いたい。わが主人が、いますぐお会いしたいと申されておる。駕籠にてお迎えに参ったゆえ、すぐに用意をととのえられよと」

切り口上にそう言うと、まるで石地蔵のように突っ立ったまま、兵馬が出てくるまで待つつもりらしい。

「まあ、そうだろうな」

お艶からその話を聞くと、兵馬は苦笑した。

「主人の体質は家臣の体質となる。たぶん越中守とはそういう男なのだ」

兵馬は請われても仕官するつもりはないらしい。

それでも白河藩下屋敷にゆく、と言って、漆黒の大名駕籠に乗り込んだ兵馬を、お艶は前にも増して不安な思いで見送った。

もとの身にして

一

松平越中守の下屋敷に向かう駕籠に揺られながら、兵馬は体力が元に戻っているのを感じた。

狭い駕籠の中で手足を屈伸してみたり、皮膜一枚を破られただけで頭蓋骨には損傷もなかった裂傷を確かめ、まだ頭痛が残っているかどうかを試してみたが、どこにも別状はみられなかった。

口の悪い駒蔵が、藪医者と罵《ののし》った玄庵の診立ては、やはり正しかったことになる。

黒漆の駕籠には、目隠しがされているわけではなかったが、あえて外の風景を見ることはしなかった。

ゆく先は知らされていないが、おそらく築地の下屋敷だろう、と見当は付いている。

空駕籠で迎えに来た越中守の家司は、兵馬が私娼街の始末屋を宿としていることに驚いたようだが、言葉の端々には、一流の剣士に対する畏敬らしきものが感じられた。

それが定信の内意を受けてのことかどうかはわからない。

使者に立った武士の対応は、白河藩下屋敷の雰囲気を伝えているのではないか、と兵馬は思った。

半死半生のまま戸板に乗せて運ばれ、乱暴に放り出されたときとは、明らかに扱いが違っている。

まあ、油断はできないが、と思って、兵馬は透明な唾液で『そぼろ助廣』の目釘を湿らした。

いつ赤沼三樹三郎のような目に遭うかわからない。

そのとき目釘がゆるんでいては、いくら手に慣れた『そぼろ助廣』でも、大勢を相手にすれば刀身が抜け落ちてしまう。

このような疑い深さは、剣に生きる者の宿命だな、と兵馬は自嘲した。

兵馬が定信の招きに応じたのは、もう一度だけあの男と会って、人物を確かめてみようと思ったからだ。

新之介のためにもそれは必要だった。

定信には二律背反する側面がある、と兵馬は思っている。

世に取り沙汰されている『名君』の顔と、赤沼三樹三郎や青垣清十郎を影同心として使い、表沙汰にできない汚れ事を請け負わせながら、用がなくなれば容赦なく切り捨ててしまう非情さを合わせ持っている。

新之介は『名君』といわれている定信にあこがれ、父親の瀬田新介が推進している藩政改革の、指標にしようと思っているらしい。

世に知られない水面下では、定信が影同心を使って領民に恐怖を植え付け、上意下達を容易にした手口を、新之介は知らない。

しかし、兵馬がそう思うのは、奥州無宿の五助から聞いた話をもとに類推したからで、松平定信の人物について知ることは、いまだ皆無に近いと言ってよい。

新之介にも注意したことではあるが、思い込みで物事を判断するのは危険だな、と兵馬はひとり苦笑した。

これまで定信と会ったときには、ひょっとしたら仕官の話が出るのではないか、とか、新之介を目通りさせる糸口をつかめるかもしれない、などという邪念が入っていて、冷静な眼で定信の人物を見定めることができなかった。

あるいは、おのれの工夫した『飛剣夢想崩し』に対する、妙なこだわりがあったのかもしれない、とも思い直す。

そこを定信に突かれて、『形』と『無形』の論議になり、そのことを実証するために、古流の『形』を守っている鹿島新当流と、立ち合うことを余儀なくされたのだ。

兵馬は皮膜一枚の差で勝負には勝ったが、不覚にもその直後に、小田半之丞の激しい撃剣を受け損ねて昏倒し、お艶の家まで戸板で運び込まれるような失態を演じてしまった。

見舞いに来た新之介には、気の毒なことをしてしまった、と兵馬は思う。

新之介が持参した『政語』の写本は、ただ将軍補佐となった定信の意気込みを書き留めたもので、定信が書いた文章の裏の裏まで深読みして、『名君』を信奉する若者の前で、あそこまで非難することはなかったのかもしれない。

新之介は、しょげていたな、と兵馬は思い返した。

せっかく伸びようとしている若い芽を、失望を植え付けることによって摘み取ってはならない、と兵馬は思う。

若者が希望を持つのはよいことだ。

たとえそれが現実に直面して地にまみれようとも、若いときに理想を抱かなかった者がろくな生涯を送れるはずはない。

　あまりにも早く現実の苛酷さを知り、いち早く希望や理想を捨ててしまった若者に、明日を生きてゆく力があろうとは思われない。

　しかし、定信を理想的な『名君』と思い込んでいる新之介が、それと二律背反している影の部分を知らなければ、あの子は危険な道に踏み入ってしまうことになる。

　もう一度だけ定信と会ってみよう、と思ったのは、新之介に蹉跌《さてつ》を踏ませたくない、という『親心』からだが、このような甘さが、かえってあの子の成長を妨げるのではないか、という危惧もないわけではなかった。

　それにしても、『親心』などということを考えるのは、と兵馬は苦笑した。

　まるで新之介を、わが子と思い込んでいるかのようではないか。

　医業を内職にしていた瀬田新介は、香織が身籠もっているのは兵馬の子だと知りながら、女の恥を隠すために婚姻を急いだかもしれない、とも思ってみる。

　しかし、ほんとうは誰の子であるのか、兵馬にはいまも確かなことはわからない。

　遠国御用の帰途、兵馬はたまたま弓月藩の城下に立ち寄り、香織と所帯を持った新介とも会っている。

　そのとき瀬田新介から、それとなく仄《ほの》めかされるまではそのことを知らず、兵馬は賭場の用心棒をして日銭を稼ぎながら、お蔦に置き捨てられた幼い小袖と暮らしてきた。

それから八年後に再会したとき、新之介はすでに十五の春を迎えていたが、瀬田新介は二度とそのことに触れようとはしなかった。

いまの新之介は、学問好きな瀬田新介の嫡男として、藩から江戸遊学を命じられるほどに成長している。

すでに元服をすませた新之介を見て、この若者が鵜飼兵馬の子だろうが、瀬田新介の子だろうが、どちらでもよいことではないか、と兵馬は思うようになった。

たとえ父親が誰であろうと、この子は立派に自立しているのだ。

一方では、新之介はまぎれもない香織の子だ、という熱い思いが兵馬にはある。

香織はおれの妻だった。

その思いはいまも薄れてはいない。

香織が生んだ子なら、新之介のゆく手を遮《さえぎ》る暗雲は、この手で切り払ってやらねばなるまい、と兵馬は以前から腹を据えていた。

定信が書いたという『政語』を、認めるにしろ、認めないにしろ、まず人物を確かめてから判断することだ、と兵馬は思っている。

そのためには、危ない橋を渡る覚悟もできている。

二

「あの立ち合いは、その方の勝ちであった」

兵馬が謁見の間に控えていると、静養中の定信が足音も立てずに入って来て、いきなり先日の判定をくつがえすようなことを言った。

「真の勝敗がわかったのは、昨日のことであった。そのため知らせるのが遅れた。許せよ」

兵馬は平伏したまま、頭上から伝わってくる定信の声を聞いていた。

「あのときの傷がそれか。だいぶ治癒しているようじゃな」

定信の座っている位置からは、兵馬の頭頂に受けた裂傷が、はっきりと見えているのだろう。

癒《い》えかけた傷口には、稲妻が走ったような、薔薇《ばら》色の薄皮が張っている。

お艶が言うように、傷口が癒えたら、総髪《がっそう》にするか、月代《さかやき》を伸ばせば隠せるだろう。

「なぜ判定がくつがえったのか、聞かぬのか？」

無言のまま平伏している兵馬に向かって、定信は焦れったそうに声をかけた。

「それを伝えるためだけに、拙者を呼ばれたわけではございますまい」

兵馬はゆっくりと顔を上げた。

定信の顔はだいぶ血色がよくなっている。

静養した効果が出ているのだろう。

「鵜飼兵馬と申したな。その方の欠点は、相手がさんざん考えた末に、やっと至り着くだろう結論を、早くも先取りしてしまうところにある。つまり軽率ということじゃ。その方の遣う剣も同じではないかな。速すぎて誰の眼にもとまらぬ」

言いながらも、定信はわずかに微笑んだように見えた。

「見えぬものに判定はくだされぬ。これは、知られざることの不幸、とでも言うべきかな」

兵馬が定信と会うのはこれで三度目だが、この不機嫌な『名君』が、わずかでも笑みらしきものを浮かべたのは、これが初めてのことだったかもしれない。

「勝敗については聞かぬのか」

笑みらしい影はすぐに消えて、定信は不満そうな声で兵馬をなじった。

「いまさら聞かずとも、初めから判《わか》っていたことです」

兵馬は低い声で言った。

「おのれの勝ちを信じておったのか」

定信は威圧するかのように睨みつけた。

「さようでござる」

兵馬は動じない。

「たぶん覚えてはおらぬであろうが、その方は、半之丞の凄まじい太刀風をあびて、一瞬にして吹っ飛んだのだぞ」

定信の声には嘲《あざけ》るような調子がある。

「なれど」

これは兵馬の譲《ゆず》るところではない。

「拙者が勝ちを制したのは、小田半之丞の撃剣を受ける直前のことでござった。勝利を得たことを確信した瞬間に、不覚にも昏睡に陥ったものと思われます」

あれが真剣なら、逆袈裟を仕掛けた瞬間に勝負は付いていて、とうぜん半之丞の攻撃もなかったはずだ、と思っている。

兵馬の『飛剣夢想崩し』によって、あの瞬間には、すでに生死が分かれている。

死者が剣を奮《ふる》うだろうか。

「だが、鵜飼兵馬の太刀筋を見た者は、あの場に誰もおらなかった。わしの見所からも、小田半之丞の木剣が、一撃で鵜飼兵馬を打ち崩すのが見えたばかりじゃ」

　それゆえ、
　小田半之丞の勝ち、と判定を下した。

「ところが……」

　定信はまたすこし笑おうとしたが、それは笑みになることはなく、頬をピクピクと動かしただけで、かえって薄気味の悪い表情になってしまった。

「翌日になっても、試合に勝ったはずの小田半之丞は、なぜか出仕して来なかった。その翌日も、またその翌々日も同じであった。五日目になってから、使者を遣わして召し出すと、蒼白な顔をして嫌々ながら出て参ったが、先日の立ち合いについては、黙したまま触れようとはしない」

　定信は一呼吸おいてから、

「半之丞を呼び出して、不出仕の理由を問いただしても、なぜか下を向いて無言のままじゃ。さらに厳しく追及すると、一礼した半之丞は、黙って諸肌を脱ぎおった。さすがに剣術で鍛えられた筋骨隆々たる身体であったが、半之丞の逞しい胸には、肩口から臍下にかけて、蚯蚓腫《みみずば》れした赤い十字架が刻まれていた」

兵馬の遣った矢竹の切れ端で、下段から逆袈裟に斬り上げられ、頭上で反転して袈裟懸けに斬り下げられたとき、みごとに刻まれた鞭の跡だった。

「無外流の鵜飼兵馬を、ただの一撃で打ち倒し、武道の面目を施した小田半之丞ではあったが、この二三日は、熱を出して寝込んでいたという。その方に矢竹で打たれた傷跡が疼《うず》いて、夜も眠れないほどであったということじゃ」

小田半之丞が寝込んだのは、竹鞭で打たれた痛みだけが原因ではあるまい、と兵馬は思った。

剣客としての誇りが、あの男を地獄の責め苦へと追い込んだのだ。

半之丞はおのれの敗北を知っていた。

にもかかわらず、曲がりなりにも勝者として誉め称えられたことが、半之丞にとっては幸いであったのかどうか。

あの男は忸怩《じくじ》たる思いで、この数日をすごしたにちがいない、と兵馬は思う。

ただ、どうしてもわからないことがある。

渾身の力を込めて振り下ろされた赤樫の木剣が、兵馬の頭蓋骨を砕くことがなかったのは、小田半之丞がぎりぎりのところで『寸止め』したからなのか。

もしそうだとしたら、半之丞の剣は神技に達していると言ってよい。

それとも、半之丞の激しい太刀筋を読んだ兵馬が、ほとんど皮膜一枚の差で、絶妙な『見切り』の術を使ったのか。

その直後に、半之丞の激しい太刀風をくらって、不覚にも昏倒してしまったので、兵馬はあのときの動きを覚えてはいない。

間近にいた定信にも、兵馬の速い動きが見えず、遠巻きにしていた白河藩士の中にも、二人の剣客が激突した瞬間の、鋭い動きを見極めるほどの術者はいなかった。

「そもそも、鵜飼兵馬と小田半之丞が立ち合うことになったのは、大坂物は折れやすい、という刀剣の話からであったな」

刃こぼれした『そぼろ助廣』では、激しい太刀打ちに耐えられまい、と定信が言い、それに対して兵馬は、敵の剣と刃を合わせることなく勝ちを制する『無形』の刀法を説いたのだ。

「音無しの剣。たしかに見せてもらった。いや、見えなかったと言うべきか。一対一の立ち合いなら、刃こぼれした差し料でも、勝ちを制することもできようが……」

定信は話の途中でポンポンと手を叩いて、前髪立ちの小姓を呼んだ。

「あれを持って参れ」

何ごとかを命じながら話を続けた。

「しかし、多数の敵を相手にするときには、使い慣れた刀剣が折れることは、往々にしてあり得る。ただでさえ大坂物の新刀は折れやすい。まして刃こぼれしているような瑕物では、いつ刀身が折れるかわからぬと、覚悟しておかねばなるまい」

隣室から戻った前髪立ちの小姓が、金襴《きんらん》の刀袋に納められた太刀を捧げ持って、うやうやしく定信に差し出した。

定信はそれを無造作に受け取ると、

「わしは新刀を好まぬ。いくさ場を知らぬ刀工が鍛えた刀剣は、おのずから華美に流れて実用から遠離っている。心得ある武士が佩刀《はいとう》を求めるなら、実戦で鍛えられた古刀にかぎる、というのがわしの考えじゃ」

定信は小姓が差し出した刀袋の紐を解いて、堅牢な黒漆の鞘に、透かし彫りを施した黒鉄《くろがね》の鍔《つば》、なめし革を巻き絞めて漆で固めた柄巻《つかまき》という凝った拵《こしらえ》の太刀を取り出して、

「先日はおぬしの佩刀を拝見した。今日はこの太刀の目利きをしてくれぬか」

にわかに親しみを感じさせる口調になって、もうすこし近う寄れ、と兵馬を手招いた。

「失礼つかまつる」

兵馬は膝行《しっこう》して前へ進んだ。

両膝を交互に青畳の上を滑らせるたびに、お艶が新調してくれた白足袋が、畳目をこすって、キュッキュッと鳴る。

定信は左手で刀剣を取って兵馬に渡した。

武士の心得として利き腕の右手は遊ばせている。

「近ごろ入手した古刀じゃ。鎌倉期のものと思われるが、あるいは室町まで時代が下るかもしれぬ」

黒漆の太刀を受け取ると、兵馬は両手で捧げ持ったまま、膝を屈してスルスルと背後に下がった。

「拝見つかまつる」

元の座に戻った兵馬は、左右の膝を揃えて正座すると、拝見する刀剣を両手に押し戴いて一礼し、ふところから取り出した懐紙《かいし》を口に咥《くわ》えた。

刀剣の刃を上向きに直して、右手で柄《つか》を握り、左手で鞘を持って左膝の上へ置くと、おもむろに鯉口《こいぐち》を切って一寸ばかり抜き、ゆっくりと一呼吸入れたあと、一気に音もなく抜き放った。

鋭利な刀身が、薄暗い室内にキラリと光る。

兵馬は抜き取った黒漆の鞘を左脇に置き、刀身を手元からやや遠ざけて、眼をすがめるようにして刀の反り具合や姿形《すがたかたち》を眺め、刀身の長さや身幅、鎬《しのぎ》から切っ先に至るまで入念に確かめる。

「どうかな」

ほどよい間合いを見て、定信は兵馬に声をかけた。

「皆焼《みなやき》の乱れ刃に、荒沸《あらに》えが付き、鋩子《ぼうし》の返り深く、たぶん相州伝と見て差し支えござるまい」

兵馬が刀剣に詳しいのは、たとえ山峡の小藩とはいえ、戦国以来の尚武を伝える弓月藩の剣術指南役を勤めていたからに他ならない。

刀剣の鑑定はこの頃にはすでに武家の儀礼となり、まず『五箇伝《ごかでん》』と呼ばれる刀工たちの類別から始まる。

ちなみに五箇伝とは、山城伝（京都）、大和伝（奈良）、相州伝（鎌倉）、備前伝（長船）、美濃伝（関）の五個をいう。

これを五箇伝と呼ぶのは、刀剣の需要が増大した鎌倉期に、刀工たちが密集して研鑽に励んでいた地域だからで、それぞれの流派には名匠が輩出して一派をなしている。

たとえば、刀匠の始祖といわれ、これに天狗伝説が加わる『山城伝』の三条小鍛冶

宗近《むねちか》、同じく神仙伝説が影を落とす『大和伝』の天国《あまくに》、刀剣の工法を一変したといわれる『相州伝』の五郎入道正宗《まさむね》、備前刀の名を天下に知らしめた『備前伝』の長船友成《おさふねとものなり》、関の孫六兼元《まごろくかねもと》など名工たちを輩出した『美濃伝』の流祖、志津三郎兼氏《しずさぶろうかねうじ》、など、著名な刀匠たちの名を挙げることができる。

これらはすでに伝説化した名匠たちだが、その後、各地に散った刀工たちも、それぞれ五箇伝を受け継いで、折れず、曲がらず、よく斬れる、そして精神的な美観を備えた刀剣の鍛錬に励んでいる。

五箇伝を見分けるには『沸《に》え』と『匂い』を知らなければならない。

沸え本位の刃文なら、山城伝、大和伝、相州伝のいずれかであり、匂い本位であれば、備前伝か美濃伝と見てまちがいはない。

沸えも、匂いも、焼き入れの火加減によって生ずるが、そこに刀工たちの伝える工法の違いがあり、作刀に対する思想の違いがあらわれている。

刀剣の切れ味は、焼き入れの瞬間に決定するという。

刀剣の焼き入れは、鍛刀の仕上げと位置付けられ、鍛錬された刀身を、鞴《ふいご》を用いて高温で熱する最後の工程となる。

焼き入れは『風』と『火』と『水』の芸術といわれる。

鞴から送り込まれた『風』によって、真っ赤に熾《おこ》った備長炭《びんちょうたん》が、高熱の『火』を噴出して、鍛えられた刀身に最後の仕上げを加える。

炎の中で赤く輝いている鉄塊が、さらに透明度を増し、炎と一体化して白光を発するまで待ち、頃合いをはかって、裂帛《れっぱく》の気合いとともに、冷却された『水』に浸す。濛々《もうもう》と白気を噴き上げ、白光を放っている刀身を、一気呵成に冷却する瞬間には、刀匠の工房に異常なほどの緊張感がみなぎるという。

この『焼きを入れる』呼吸ひとつで、同じように鍛錬された刀身が、名刀にもなるし、鈍刀にもなる。

『風』と『火』によって、真っ赤に焼かれた刀剣を、『水』に浸けて冷却するとき、微妙な呼吸の違いによって、いわゆる『沸え』と『匂い』が生じてくる。

沸えとは、刀身に粉雪のように降りかかる細かな粒で、これが刀剣の地肌にできたものを『地沸え』という。

粒の大きい沸えを『荒沸え』といい、焼刃の中に砂を掃いたような筋になっている沸えを『砂流し』という。

『匂い』はゆっくりと『水』で冷却された刀身に付き、『沸え』が粉雪なら、こちらは霧のように粒が細かいので、肉眼では『匂い』の粒子を見分けることができない。

『匂い』には、ぼんやりと漂うような趣きがあり、地肌と焼刃の境目に深いうるおいを与えている。

沸え出来の刃文を焼くには火加減を常よりも強くし、匂い出来の刃文が焼かれるときはそれよりも火加減が弱い。

したがって、『沸え』出来の刀身は鋭利だが折れやすく、『匂い』出来の刀身は刃が鈍磨しやすいが折れにくい、と一般にはいわれている。

刀剣に剛直な鋭利さを求める東国武士と、太刀打ちで刀身が曲がっても、折れなければ足で踏みつけて曲がりを直し、切れ味が鈍れば研げばよい、という合理的な西国武士の好みが、五箇伝の作柄の違いとなっているのかもしれない。

作刀に対する思想の違いとは、西国武士の好みと東国武士の好みが、ほぼ対極にあるからで、彼らの精神のありようは、とうぜん刀工たちの思想にも影響を与えている。

『匂い出来』の刃文は火加減が常よりもやや弱いので、焼きを入れた後も刀身は柔軟で、戦場で打ち合っても、曲がりはするが簡単に折れることはない。

刀剣が折れてしまえば、武器を失った戦士は敵に斬られるのを待つしかないが、曲がっても折れなければ、足で踏みつけて曲がりを直し、ふたたび敵と戦って、あわよくば勝つこともできる。

戦場に臨む武士たちは、七つ道具のひとつとして、紐を通した砥石《といし》を腰にぶら下げていた。

匂い出来の刃は鋼《はがね》が柔らかいため、戦場で敵と太刀打ちすれば、鋭利に研ぎあげられた刃は潰れ、ただの鉄棒のようになって切れ味が鈍る。

刀剣の刃が鈍磨して斬れなくなれば、後方に退いて砥石で研ぎ、ふたたび戦場に駆け戻って太刀打ちに加わる。

死ぬべき命を長らえて、後の高名に繋げるところに、西国武士の名誉があり、刀剣はおのれの身を守る道具だから、曲がれば直し、鈍れば研いで、何度でも使えることをよしとする。

畿内に伝わる山城伝と大和伝、瀬戸内に伝わる備前伝が、いずれも平家一門に縁があることから、現世的、享楽的、合理的な側面をもつ西国武士が、匂い出来の刀剣を好んだのは当然かもしれない。

西国武士たちの体質から発生した刀工たちの思想が、鋭利な脆《もろ》さよりも、柔軟で耐久性をもつ刀剣を鍛えることに、傾注されたのは当然だろう。

とりわけ備前長船には、多くの刀工たちが蝟集《いしゅう》して、戦国期の刀剣のほとんどは、備前長船で打たれたとさえいわれている。

　そのため数打ち物も多い、ともいわれるが、それでも備前刀に人気があったのは、武器としての機能を徹底して追求した作刀の合理性があったからだろう。

　すなわち、戦場での使い易さ、という点でいえば、刀剣の長さ、重さ、耐久性において、いわゆる実用に耐え得る工夫が徹底されていた。

　刀剣は鉄の塊だから、実際には重くて当然だが、備前刀の『姿』と『しなり』、刀身と中心《なかご》の均衡によって、腕に軽く感じられ、振れば自在な動きとなり、切れ味が鈍れば、その場で荒研ぎしても惜しくはない。

　刀剣に込められた思想は、精神性よりも合理性であり、実用性の追求が美的な外観を創り出した。

　一方、相州に伝わる『沸え出来』の刃文は、高温で焼いた刀身を、急激に冷やしたときに出来たもので、研ぎ出しが困難なほど鋼《はがね》は硬く、滅多なことで刀身が曲がることはない。

　研ぎ出された刃は鋭利で、何人の敵を斬っても、刃先が鈍磨せず、切れ味もほとんど変わらない。

　東国武士に好まれた相州伝は、元寇のとき蒙古兵の鎧を斬れなかったことから、鎧ごと両断できる鋭利な刀剣を求めて錬磨されたものだ。

よく撓《しな》る柔軟な鉄を内部に折り込み、外部を硬い鋼で包んだ特殊な工法は、鎌倉の五郎入道正宗によって完成された究極の技法だった。

折れず、曲がらず、よく斬れる、といわれる日本刀は、亡国の危機に直面した元寇の役《えき》を経て、鎌倉の五郎入道正宗によって完成された。

相州伝は剛直で、切れ味鋭く、兜を割り、鎧を切り裂く。

騎馬武者が花形だった源平時代の刀剣は、馬上の使用に適した腰反りのある造りだったが、甲冑武者に対しては、斬ることよりも刺すことに主力がおかれ、鎧の隙間から突き刺すことができるように、刀身は反り深く、先端にゆくほど細く伸びていたが、正宗が鍛えた刀剣は、斬ることに徹した破邪の剣だった。

刀剣に精神性を求められたのも、鎌倉以来の伝統かもしれない。

東国武士は剛直さと潔《いさぎよ》さを愛する。

刀剣が曲がることを欲せず、甲冑を両断する鋭利な切れ味を求め、戦場では一歩も退かず、刃先が鈍磨して敵を斬ることができなくなるのを嫌う。

戦場で刀剣が折れたときは、その場で死ぬことを覚悟し、未練を残して生き延びることを恥とした。

相州伝と美濃伝が、鋭利だが折れやすいといわれるのは、東国武士たちの心意気が、散りざわを潔く、という美意識に貫かれていたからで、刀工たちも鍛刀の精神性を重んじて、刀剣にも気品や透徹を求めるようになった。

時代が下って、刀身の『沸え』や『匂い』に風雅を見出し、刃文の美しさが愛好されるようになると、造形は多岐におよび、本来の直刃《すぐは》から、小乱れ、五の目尖り、のたれ、矢筈《やはず》乱れ、箱乱れ、五の目乱れ、丁字《ちょうじ》乱れ、濤瀾《とうらん》乱れなど、さまざまな意匠が工夫される。

そのため焼き入れの技法は複雑になり、鞴の『風』はより強く、刀身を焼く『火』はより熱く、冷却する『水』はより冷たさを求められるようになって、三者のあいだに介在していた微妙な均衡を欠くようになった。

定信が、大坂物は折れやすい、と言ったのは、裕福な御用商人が帯刀を許されるようになると、大坂の富商たちが大金を投じて刃文の美を競い、刀剣も武器としての実質より、豪華な外観が重んじられるようになったからだろう。

『風』と『火』と『水』の均衡を微妙に変えることによって、華麗な刃文を創り出すことに、刀工たちの技が傾倒されるようになった。

たとえば『濤瀾乱れ』を得意とする津田越前守助廣の刀剣は、新刀ながらも愛刀家たちにとっては垂涎の的で、古刀の雄、五郎入道正宗の名刀をしのぐほどの高額で取引されているという。

定信の好みは『沸え本位』の相州伝にあるから、兵馬の目利きをよしとして、満足そうに頷いた。

「相州伝は山城の粟田口左近将監国綱《あわたぐちさこんしょうげんくにつな》に始まるというが、この刀はどのあたりまで遡《さかのぼ》ることができようか」

兵馬は刀身を鞘に収めると、口に咥えていた懐紙をふところに納めて、太刀を膝の上に置いたまま、おもむろに答えた。

「相州伝の刃文は、沸え本位の大乱れですが、こちらは反り浅く、身幅、重ねも頃合いで、刃文に叢沸《むらに》えが見えるものの、沸え本位というよりは、匂い出来の乱れ刃と言うべきでしょう。残念ながら、これは鎌倉の相州伝ではなく、刀工たちが小田原に移ってから打たれた、末相州《すえそうしゅう》と見受けられます」

それを聞いても定信は表情を変えず、

「気に入ってくれたらよい、と思っていたが、あまり気乗りしないようで残念じゃ」

思わせぶりのことを言いながら、前髪の小姓に命じて金襴の刀袋に納めさせた。

三

「さて、おぬしが遣った『無形』の剣だが……」

静養中の定信は、よほど暇を持てあましているらしく、帰ろうとした兵馬を引き留めて、前もって用意していたらしい酒肴を出した。

しかし、これも定信の好みなのか、給仕に出たのは若い腰元ではなく、前髪立ちの小姓だけだった。

「なんと命名しておるかの」

定信は腰を落ち着けて、先日の剣術論議を続けるつもりらしかった。

「他人に披露すべきものではありませんが、ひそかに『飛剣夢想崩し』と呼んでおります」

あまり気が進まないまま、兵馬は答えた。

「夢想崩しか」

定信が鸚鵡返しに呟いたのは、兵馬の言った『飛剣』を『秘剣』と聞き違えて、大袈裟な命名と思ったからだろう。

あるいは『形』を重んじる定信は『崩し』と命名したことが、気に食わなかったのかもしれない。

兵馬が『無形』とか『崩し』と言うたびに、定信は不愉快そうに眉をひそめた。剣について語るのは、定信には退屈しのぎの暇つぶしかもしれないが、兵馬からすれば『無形』も『崩し』も、おのれの生き方そのものといえる。

「あまり感心せぬな」

めずらしく酒盃を傾けながら、定信は言った。

清廉潔白を標榜している松平越中守定信は、城中で酒を呑むことはないという。ときどき静養が必要なほどで、蒲柳の質に生まれついた定信は、とりわけ酒に強いとも、酒が好きとも思われない。

定信は八代将軍吉宗の次男、田安宗武《たやすむねたけ》の七男だが、五人の兄たちはいずれも夭折《ようせつ》し、五兄の治察《はるさだ》が田安家を継いだものの、これも病弱で子なきに悩み、一橋家の五男斉匡《なりまさ》を養子に迎えて家名を継がせている。

下屋敷で静養中の定信は、たぶん御典医の勧めで、滋養を取るための薬代わりに、飲みたくもない酒をたしなんでいるのかもしれなかった。

「おぬしの遣った『夢想崩し』とやら、わしには見ることができなかった。いや、わしだけではなく、ここにおる彦丸《ひこまる》にも……」

と言って定信は背後に控えている前髪の小姓を顎でしゃくりながら、

「鵜飼兵馬の太刀筋は見えなかったという。あのときのおぬしは、まるで死地に誘い込まれた獲物のように、大上段に構えた小田半之丞の木剣の下に、ふらふらと引き寄せられたようにしか見えなかった」

酒に羽いらしい定信は、早くも酔いがまわってきたのか、どこか気を許したような物言いになっている。

「拙者も歳を取り申した」

兵馬は脈絡のないことを言いだした。

「いきなり何を申すか」

まだ三十二歳の定信に比べれば、三十六歳になる兵馬はたしかに歳を取っているのかもしれないが、まだまだ老人などといえる年齢にはほど遠い。

「歳を取って体力が弱ってくると、誰しも手抜きの方法を考えるものです」

自嘲するように兵馬は言った。

定信は若いくせに老人ぶることが好きな男だが、それは一種の文人趣味で、老醜を見せる老人たちを嫌悪していた。

年寄りどもは傲慢で融通が利かず、衰えた気力や体力を補うために、仕事を手抜きしようと屁理屈を捏《こ》ね、保身のためには狡猾で陰険な策謀を廻《めぐ》らすこともはばからない、まことに唾棄《だき》すべき連中だ、と思っているからだ。

兵馬が使った喩《たと》えは定信の苛立ちを逆なでした。

「おぬしの『無形』とは手抜きのことか」

不興げに言った。

「さようでござる。『形』にこだわっておられる越中守さまに、拙者の太刀筋が見えぬのも道理。そもそも『形』から出て『無』にいたるのが天の理法でござる。拙者が遣う『飛剣』とは、手抜きの方法を考えた末に編み出された刀法なのです」

兵馬は平然として言った

「わからぬことを言う」

定信はにべもなく言った。

「拙者の流儀に『寸止め』はない、と申し上げたこと、覚えておられようか」

「そう言って、庭の片隅に群棲している矢竹を剪《き》って木剣に代え、鹿島の『形』を伝える小田半之丞を激昂させた。そのせいで半之丞の凄まじい太刀風をくらって吹っ飛んだのだから、手抜きをして損をしたのは結局おぬしの方であろう」

「もし矢竹ではなく、拙者が木剣を用いていたら、御庭先を血で穢すことになったかもしれませんぞ」

「まだそれを言うか」

定信はうんざりしたような顔をしたが、

「それと、おぬしの言う手抜きと、どのようなかかわりがあるというのか」

語調には、返答によっては許さぬぞ、という気迫が込められていた。

「歳を取れば長引く戦いは不利になります。息は乱れて、足は運ばず、気合いは空まわりして、立ち合いも長くは続けられません」

定信はまた嫌な顔をした。

老中首座と将軍補佐を兼ね、渾身の気合いを込めて幕政改革に取り組んでいるが、ときどき幕政の息は乱れ、改革の足は運ばず、老中首座の気合いばかりが、空まわりしているような気がする。

その徒労感がときどき虚弱な身体を襲い、その結果として、御典医に安静を命じられ、こうして退屈な下屋敷で養生しなければならなくなる。

「そのようなわけで、拙者は、戦いを長引かせず、息は乱さず、足の運びを最少に抑える、手抜きの刀法を工夫したのです」

「それを『崩し』と言うか」

「さよう。『飛剣』とは、どこから飛んでくるかわからぬ予測されない剣を言います。『形』に囚われた動きは相手の予測を誘いますが、崩れてしまった『形』、すなわち『無形』であれば、如何《いか》なる達人と雖《いえど》も、その動きを予測することはできません」

定信は呆れたように、

「予測されない動きゆえに、誰の眼にも見えなかったと申すのか」

「それに……」

兵馬は照れ臭そうに笑った。

「拙者、越中守さまとは違って、かなり大酒をたしなみます。酔ってふらふらと歩く足取りは、まことに見苦しく、腰の動きが定まらない。しかし、あれが『無形』の境地ではないかと、いささか悟るところがあったのでござる」

定信はムッとして黙り込んだ。

「不謹慎なことを申し上げたようですな」

兵馬は恐縮したように頭を下げたが、喋るのをやめたわけではなかった。

「夢想崩しとは、言うまでもなく、無外流『走り懸かり』の一手『夢想返し』の崩れた形でござる。考えてみれば拙者の『飛剣夢想崩し』には、どこを取っても創始者の輝きや切れ味はない。さまざまな流儀が崩れ込んで入り混じり、それらがさらに崩れ落ちて、あたかも拙者固有の剣となったように見えるだけのことでござるな」

兵馬はいささか飲みすぎたらしかった。

「したがって拙者は、無駄な動きを排して、剣を抜く前の『鞘の内』に、勝負を決めることを目標にしているのです。これは手抜きも手抜き、他人の眼からは試合の始まりと見えたときには、拙者の勝負はすでに終わっていると言ってよい。同じ立ち合いは二度しない、というのも拙者の流儀でござる」

兵馬は酔眼をうるませると、暗い天井を仰ぎ見て高らかに朗唱した。

有《う》と無《む》という習いあり。
あらわれるときは有なり。
隠れるときは無なり。

「わしと禅問答でも始めるつもりか」

「いいえ。剣術における『無』について、お話しをしているつもりです」

「無外流の奥伝にでもある言葉か」

「浪々の果てに崩れてしまった拙者の流儀は、もはや無外流とは言えますまい。流儀の『形』を踏み外してからすでに久しく、いまだに新しく流儀を立てるほどの蓄積もありません」

「ひとたび崩れたら、もはや立て直すことはできぬと申すか」

「いいえ。そこに留まるのではなく、違う場所に立つのです」

兵馬は朗唱を続けた。

この隠れ顕《あらわ》れる有と無は、
太刀をにぎる手にあり。
仏法に有無の沙汰あり、
これになぞらえて言えり。
凡夫は有を見て無を見ざるなり。
有をも見、無をも見ること、肝要なり。
有もあり、
無もあるなり。
有のときは有に付けて打ち、

無のときは無に付けて打ち、
また有を待たずして無を打ち、
無を待たずして有を打つほどに、
有も有、無もまた有と云うなり。

「それはおぬしの考案した『無』の伝書か」
「拙者、それほどの者ではありません。どこかで読んだ兵学書のうろ覚えでござる」

老了経の註に、
常に有、常に無、と云うことあり。
有も常にあり、
無も常にあり。
隠れるときは、
有すなわち無となる。
あらわれるときは、
無すなわち有となる。

たとえば、
水鳥の水に浮かびたるときは有なり。
水に入りたるときは無なり。
しかれば、
有と思うも、隠れぬれば無なり。
また無と思うも、顕るれば有なり。

「わかったぞ。おぬしがお題目のように唱えているのは、柳生但馬守宗矩《やぎゅうたじまのかみむねのり》が書きしるした『兵法花伝書』の一節であろう」

「さあ、どうでしょうかな。拙者には書物を読むという高尚な習いもなく、剣術を学んでも兵書に明るいわけではありません。いつどこで読んだものか、あるいは誰かの聞きかじりか、確かなことは覚えてはおりませんが、ふと思い出した章句を、空念仏《からねんぶつ》のように唱えているだけなのです」

「隠すな。隠れぬれば無なり、とは、おぬしがいま言ったばかりではないか」

「さよう。拙者は『無の剣』について語ろうとして、うろ覚えの兵学書をそらんじている。ふと記憶の中によみがえってくる様々な断片を寄せ集めて、類型を離れた形なき形を求めようとする。それを『崩れ』と呼んでいる、と思っていただきたい」

　さあれば、
　有と無は、ただ隠れ、顕れるなり。
　その体《たい》は一つなり。
　しかれば、
　有も無も、常なるものなり。

「それが、おぬしが唱える『無形』と申すのか」
「無の剣こそが究極の奥義と心得る」
「痴《し》れ者めが。おぬしは不遜にも、常住坐臥、有と無はわが内にあり、と申すのだな」

　仏法には、
　本無、本有、と云うことあり。
　人の死するは、有の隠れるなり。

人の生まれるは、無の顕れるなり。
その体は、常なるものなり。

「死も生も、あるいは顕れ、また隠れるものと心得れば、生と死はとこしえに輪廻して、いたずらに誕生を喜び、死滅を悲しむこともない、と申すのか」
「拙者、そこまで悟っているわけではござらぬ」
「それこそが武士の戦場に臨むときの心得であろう」
「こうして見苦しく生きている拙者には、そのような覚悟もなければ、心得もござらぬ」

太刀をにぎる手に、
有無ということあり。
手を伏せぬれば、
有は隠れるなり。
手を仰むくれば、
無また顕れるなり。

「わかった。おぬしの太刀筋が見えなかったのは、変幻自在の有と無を、知らぬからだと申すのだな」

「さあ、どうでしょうかな。拙者、そのような失礼な言い方をした覚えはござらぬが」

「まあよい。おぬしの諷諫《ふうかん》として聞いておこう」

定信はめずらしく我を折ったらしかった。

しかし、定信はやはり古流の伝える『形』にこだわり、刃こぼれした兵馬の佩刀に話題を戻した。

「わしは古流を好む。刀剣ならば古刀だ。新刀は実戦には向かぬぞ。ことに大坂物は折れやすい。それが数ヶ所も刃こぼれしているとなれば、なおさらのことじゃ」

「よけいなお世話でござる」

「これは老婆心で言っているのだ。おぬしの『そぼろ助廣』は、こんど使えば必ず折れる。誓ってもよいぞ」

「老婆心などとは烏滸《おこ》がましい。拙者の方が四歳ほど年寄りでござるぞ」

「おぬしの欠点はそこじゃ。忠告は素直に聞いておくものじゃ。疵物の刀剣にこだわって、命取りにならぬよう気をつけるがよい」

「拙者の剣は、酔えば酔うほどよく動く。手抜かりはござらぬ」

「これが見納めにならねばよいがな」

前髪の小姓が膝行して兵馬に酌をした。

兵馬はなみなみと注がれた盃をぐいと飲み干して、

「それにしても、旨い酒でござるな」

がらにもないお世辞を言った。

「わしも酒というものに、初めて酔うてみたわ」

心地よげに定信も言う。

「ならば、いっそのこと『飛剣』の工夫でもされたら如何《いかが》か」

兵馬らしくない軽口も出る。

「それもよかろう。わしを狙っている輩《やから》は少なくないからな」

「御冗談を」

「いや、まあ、冗談としておこう」

さすがに老中首座の屋敷に蓄えられている酒は旨く、酒量の少ない定信も、大酒飲みの兵馬も、それなりに心地よく酔っぱらって、勝手な気炎を上げているようだった。

四

白河藩下屋敷からの帰路も、兵馬は黒漆の大名駕籠で送られた。
夜は更《ふ》けていた。
思いがけず酒を過ごしてしまったらしい。
「あのような旨い酒を、毎日呑むことができるなら、老中というのも悪くはないな」
酔って駕籠に揺られながら、兵馬はひとり減らず口を叩いている。
松平越中守定信、思っていたほど悪い男ではなさそうだ。
兵馬は酔いの余韻にひたりながら、定信とのやり取りを思い出していた。
「このようなものを、今日の土産にくれるとは……」
倹約、倹約と、小うるさいことを言う奴と思っていたが、根っからの吝嗇《けら》、という
わけではないらしい。
心地よく駕籠に揺られながら、兵馬は左右の腕に二本の大刀を抱いている。
一本は言うまでもなく『そぼろ助廣』で、もう一本は『相州住伊勢大掾《たいじょう》綱廣《つなひろ》』と
銘が切ってある末古刀《すえことう》だった。

綱廣は相州伝とはいっても、鎌倉の刀工たちが小田原に本拠を移した後の『小田原相州』で、中心《なかご》には綱廣という銘記の裏に、天文十六年丁未《ひのとひつじ》十月日、と年紀が刻まれている。

越中守どのも人が悪い、と兵馬は窮屈な駕籠の中で、ひとり思い出し笑いをしている。

兵馬にこの刀を、目利きせよ、といったとき、定信はいかにも思わせぶりに、たぶん鎌倉期のものと思われるが、室町まで時代が下るかもしれぬ、などと空とぼけてみせた。

小田原相州の綱廣は、古刀といっても末も末、当時は戦国の世も真っ盛りで、鉄砲が伝来するかしないか、という時代の作刀ではないか。

剣術論議に夜も更けて、兵馬が謁見の間から引き下がるとき、

「刃こぼれした佩刀は、すぐにでも取り換えた方がよいぞ」

わずかな酒で上機嫌になっていた定信は、ポンポンと手を打って、隣室に控えていた前髪の小姓を呼んだ。

あらかじめ申し合わせてあったのか、しずしずと進み出た小姓は、金襴の刀袋に収められた刀剣を捧げ持っていた。

「おぬしには、おそらく敵が多かろう。身を守る用意は怠らぬ方がよい」

定信が古刀と言ってゆずらない黒漆の太刀を、兵馬に手土産として持たせたのだ。

「失礼つかまつる」

黒漆の太刀を受け取った兵馬は、途中で打ち切られてしまった刀剣鑑定の締めくくりに、作法に則《のっと》って定信の眼の前で目釘を抜き、なめし革を巻き絞めて漆で固めた柄から刀身を抜き取り、中心《なかご》に切られている作刀銘を確かめた。

「ふっふっ、越中守さまも、お人が悪い」

兵馬は酔って血走った眼でにやりと笑った。

「中心には刀工の銘も作刀の年紀も刻まれております。小田原相州と知っておられながら、拙者をおからかいになられたのか」

堅苦しいだけかと思っていた『名君』にも、こんな悪戯心《いたずら》があったのか、と兵馬はなぜか嬉しくなって、定信という人物をすこし見直す気になっている。

「そうであったかのう」

定信はわざと空とぼけて、もそっと笹（酒）を差し上げろ、と兵馬に酌をしている小姓を機嫌よい声で叱りつけた。

「古刀は実戦によって鍛えられた、と言ったであろう。この太刀が打たれたのは、まさに戦国乱世で、刀剣の利鈍が人の死生を分けていた時代じゃ。天文年間には、まだいくさ場で鉄砲は使われておらぬ。飛び道具といっても弓矢があるばかりで、戦場で使われた武器といえば槍と剣であった。あの頃ほど刀剣の需要が多かった時代はあるまい。刀工もちまたに溢れていたという。いわば刀剣の最盛期と言ってもよかろうな。これはその時代に作られた太刀じゃ。古刀の精髄と言ってよい」

定信は酔った勢いで、あれこれと御託を並べながら、ずいぶんと勿体《もったい》を付けて、末古刀の『小田原相州』を下げ渡したのだ。

兵馬は気分よく飲みすぎたのかもしれない。

小刻みに駕籠で揺られているうちに、めずらしく嘔吐感が込み上げてきた。

「駕籠を止めてくれ」

声をかけてみたが聞こえないらしい。

引き窓を開けて、

「止めてくれぬか」

大声を出しても知らんぷりをしている。

すでに夜は更けていて、あたり一面は漆黒の闇だった。

「ここは何処であろうか」

　すると今度は返事があった。

「左手に続いている土塀は、井伊掃部頭《いいかもんのかみ》さまの蔵屋敷でござる」

　聞いた覚えのない声だった。

「すこし風を入れたい。駕籠を止めてくれぬか」

「ようがす。ちょうど向こうさまでも、駕籠を止めろと言いなさる。すまねえが、ここで下りてくだせえ」

　前棒の男が乱暴に肩を抜くと、後棒も急に肩を休めたので、乗物は不意に傾いて、兵馬は危うく駕籠の外に放り出されるところだった。

　これでは、戸板に乗せて運ばれたときと変わらないな、と思いながら、兵馬は身を転がすようにして駕籠の外に出た。

　行く手には、雲を突くような巨漢が立ちふさがっている。

　前棒が、向こうさま、と言ったのはこの男のことらしい。

　左手は長々と続いている井伊掃部頭の蔵屋敷、右手は松平遠江守の上屋敷、その先には松平鷹吉《たかよし》、堀田土佐守、松平阿波守の下屋敷があって、路の左右には長い土塀が続いてどこにも抜け道はない。

　この小路に入れば文字どおり袋の鼠で、行く手を遮られては何処にも避けようがなかった。

「お待ちしていた」

前に立ちふさがっていた巨漢が言った。

その声には聞き覚えがあった。

「鹿島新当流、小田半之丞どのか」

そうだ、と言うように、巨漢は一歩だけ前に出た。

大名屋敷が並んでいる小路は、とりわけ闇が濃く、高い土塀の内から明かりが洩れることはないから、たとえ星月夜《ほしづくよ》であっても相手の顔を確かめることはできない。

「何の御用件かな」

ほろ酔いした足を踏みしめるようにして、兵馬はゆっくりと問い返した。

「先日の立ち合い、納得がゆかぬ。もう一度、ただし、今回は木剣でなく、真剣での果たし合いを申し入れたい」

巨漢はわざと抑揚のない声で言った。

「これは迷惑な」

兵馬は思わず酒臭い息を吐いた。

「拙者は武芸を売って身を立てている者。納得のゆかぬ試合を、曖昧なまま見過ごすわけには参らぬのだ。はっきりと決着を付けたい」

　この巨漢、見かけによらず、生真面目な男なのかもしれない、と兵馬は思った。

「やめておけ。同じ相手との立ち合いは二度しない、というのがわたしの流儀だ」

　半之丞は怒気を含んだ声で、

「この場に臨んで、逃げるのか」

　さらに一歩を踏み込んだようだった。

「そうではない。真剣で立ち合っても、おぬしに取ってよいことなど、何ひとつとしてない、と言っているのだ」

　言いながら、兵馬はふと、この男はなぜこれほどまで勝敗にこだわるのか、という疑惑が浮かんできた。

　兵馬を乗せて来た黒漆の大名駕籠が、人通りのない暗い小路に、しかも左右に大名屋敷が続いて、脇道のない一本道に、兵馬を担ぎ込んだのも怪しいといえば怪しい。

　兵馬に果たし合いを挑んだ小田半之丞が、このような寂しい小路で、駕籠のゆく手を遮ったのも、ただの偶然とは言えぬだろう。

　下屋敷のある築地から、入江町に帰る道筋は幾筋もあり、途中で待ち伏せしようにも、空振りするに決まっている。

巧妙な罠でも仕掛けるように、何処《どこ》にも逃れようのない袋小路で、兵馬を待ち伏せることなどできるはずがない。

兵馬はふと兆した疑惑を口にした。

「越中守のさしがねか」

半之丞は闇の中で冷笑したようだった。

「そう思うなら、勝手に思っているがよい」

違うようだ、と兵馬は思った。

「越中守に恨みでもあるような口ぶりだな」

すかさず鎌をかけてみた。

「恨みがあるのは鵜飼兵馬、おぬしへの恨みと言ってよい」

わかったぞ、と兵馬は思った。

「越中守に罷免されたのか。その恨みをわたしに振り向けるのは筋違いだぞ」

巨漢は黙り込んだ。

兵馬の読みが的中したらしかった。

「ところで、頼みがある。聞いてくれるか」

相手が黙っているので、かまわずに続けた。

「わたしには、やっておかねばならないことがある。おぬしとの果たし合い、十日ほど待ってはくれぬか。たぶんあと十日もあれば片が付く」

新之介のことがある、と兵馬は思った。

「未練な。姑息な口実を設けて、この場を逃れようというのか」

小田半之丞は激昂して、堰《せき》を切ったように喋りだした。

「おぬしのせいで、おれは仕官の道を断たれたのだ。越中守さまの前で、武芸者にあるまじき恥も掻かされた。おぬしも職のない浪人者なら、おれの悔しさがわかるはずだ。これまで積み重ねてきた武術家としての名誉は、おぬしのお陰で一瞬にして烏有《うゆう》に帰した。このままでは、おれには敗北者の汚名が付きまとい、生涯にわたって仕官の道は閉ざされるだろう。おぬしを倒さないかぎり、鹿島新当流の継承者たるこのおれに、明日へと繋がる道はないのだ」

かなり思い詰めているらしい。

「ところで、越中守はなんと言っていたのだ」

何を根拠にして？　と兵馬は疑っている。

「おれの武芸の腕をもって、正規に召し抱えてくださる約束であった。もう一歩のところだったのだ」

それが兵馬に敗北したことで反故《ほご》にされた。

「その武芸の腕が、どのように使われるかを知っているのか」

この男、処世にかけては甘い、と兵馬は思う。

「越中守さまの家中に仕官さえできれば、そのようなことはどうでもよい。そのために家中の人々とも、わたりを付けているのだ」

どうやら小田半之丞は、これまでも定信に気に入られようと、人知れぬ努力を重ねてきたらしい。

「それほど越中守の家中に詳しいなら、赤沼三樹三郎の名を知っているか」

「知らぬ」

「では、青垣清十郎の名は？」

「聞いたこともない」

「赤沼三樹三郎は微塵流の遣い手、青垣清十郎は天流の名手だった。いずれもおぬしと同じ、古流の継承者だ」

「越中守さまは古流を好まれる。当然の人選であろう」

小田半之丞にしてみれば、そこに鹿島新当流復興の夢を託しているのかもしれない。

しかし……、

「武芸の腕を見込まれて、特別な任務を命じられていた二人が、白河領の百姓たちから、蛇蝎のように忌み嫌われていたことを知っているか」

「知るはずがない」

「家中の要職にある者が、姿なき暗殺者に怯えていたという事実は？」

「何を言いたいのだ」

「いずれも、赤沼三樹三郎、青垣清十郎の仕業だ」

　半之丞は黙り込んだ。

「剣の腕においては、一流の域に達していた二人が、藩から与えられた任務とは、表沙汰にできない影の働きにすぎなかった」

「…………」

「ところが、つい最近、この二人が死んだ。いや、殺されたのだ」

「剣の腕が未熟であったからであろう」

　半之丞は吐き捨てるように言った。

「それは違う。二人が受けた最後の指令は、たがいに相手を暗殺することだった。ふたりの剣士は、あたかも前世からの宿命のように、数年間を闘い続けたのだ」

「剣の腕が伯仲していたということか」

「そうだ。もっとも、暗殺者となった二人の情熱を支えていたのは、一人の美しい御殿女中への切ない思いだった。二人の暗殺者は、おたがいに憎むべき恋敵でもあったらしい。いまから一月ほど前の嵐が吹き荒れた晩、赤沼三樹三郎はついに宿敵の青垣清十郎を斬った」

「生き残った赤沼なにがしは、その後どうしたのだ?」

「藩に欺されていたと知って、越中守の江戸屋敷に斬り込み、そこでなぶり殺しの目にあって殺された」

「…………」

「斬ったのはわたしだ。血に狂った微塵流の遣い手を、あのまま放っておけば、何人の藩士が殺されるかわからない緊急の場だ。やむを得ぬ仕儀であった」

「…………」

「わからぬか。おぬしはあの男の後釜に選ばれたのだ。もし仕官していたら、赤沼三樹三郎と同じ運命をたどることになるぞ」

「馬鹿な。詭弁を弄すな。おれは鹿島新当流の継承者だ。古流の『形』を伝える正統の武芸者として、もうすこしで悲願の仕官が叶うところだったのだ」

「赤沼三樹三郎は微塵流の継承者。青垣清十郎も天流の正統を継いでいた。たぶん剣の腕においては、おぬしと双璧をなす技倆はあったはずだ。剣の腕によって取り立てられたあの二人が、江戸藩邸では話題にもあがっていないのだ。おかしいとは思わないか」

兵馬の指摘に、半之丞はぎくりとしたようだった。

「おれは家中に取り入ったが、所詮はよそ者にすぎない。藩の内情までは知るはずがなかろう」

半之丞は自嘲するかのように吐き捨てた。

「赤沼三樹三郎に斬られた藩士は、かなりの数に上るはずだ。中には死人も出ただろう。その大惨事が、おぬしの耳に一切入ってこない、というのは変ではないか」

「…………」

「武芸の腕を見込まれるとは、そういうことだったのだ」

兵馬は駄目を押すように言った。

「おぬしは仕官して暗殺者になることを望むか。それとも野にあって剣に生きることを選ぶか」

黒漆を流したような暗闇の中で、しばらくは恐ろしいほどの沈黙が続いた。

「いまから十日後にその答えを聞こう」

兵馬は押し殺した声で言った。

「おぬしとの勝負には、わたしもこだわるところがある」

小田半之丞は、皮膜一枚で『寸止め』したのか。

それとも兵馬の『見切り』が皮膜一枚を見極めたのか。

剣に生きる兵馬としては、命を懸けても確かめておきたいことだった。

「その場所は？」

ふとわれに返ったかのように、小田半之丞が問いかけた。

「あまり人の寄りつかないところがよかろう」

兵馬はしばらく考えてみたが、

「ここからはすこし遠いが、深川木場の東に、十万坪という空き地がある。いまから十日後、明け六ツの鐘を合図に、というのはどうか」

かつて、なぶり殺しにされそうになったお艶を救おうとして、十万坪でヤクザ者たちと渡り合ったことがある。

「よかろう。いざとなって逃げるなよ」

小田半之丞は挑むように吼《ほ》えた。

「わたしの方では一向にかまわぬ。もし逃げたければ来なくともよいのだ。決して恨みには思わぬ」

兵馬はくるりと背を向けると、八丁堀四丁目に抜ける中ノ橋の方面に向かって歩きだした。

黒漆の大名駕籠は、担ぎ手と一緒にいつの間にか姿を消している。

関わり合いになることを恐れて、さっさと逃げ出したのだろうが、あの連中はたぶん小田半之丞と繋がりがあり、兵馬を死地に追い込む手助けをしたのだろう。

越中守の知らぬこととは言いながら、家中の風紀は『名君』が自慢するほど清廉というわけでもないらしい。

兵馬が背を向けたとき、抜き打ちに斬りつけることもできたはずだが、さすがに古流の『形』を伝える半之丞は、卑怯な手を使ってまで兵馬を殺そうという気はないらしい。

左右を長い土塀に挟まれた一本道は、漆黒の闇に包まれ、暗い夜空でわずかに輝いている星明かりも、足許を照らすには至らない。

辻斬りでも出そうな小路だ、と思って、兵馬は急に可笑しくなった。

こんなとき人が通りかかれば、その男は兵馬を辻斬りと勘違いして、きっと大袈裟な悲鳴をあげて逃げ去るだろう。

小田半之丞は、このような怪しい小路をよく知っていたな、まさか、ここで辻斬りをして腕を鍛えたわけでもあるまいが。

いつのまにか酔いも醒めていた。

兵馬は暗く薄気味の悪い路地を抜けて、前方にぼんやりと映っている、八丁堀の川明かりをめざしていた。

五

残された十日のあいだに、新之介がみずからの眼で物事を見ることができるように仕向けなければならない、と兵馬は思った。

半之丞に襲われた翌日から、兵馬は新之介を呼び出して、江戸市中を歩き廻った。

それにしても……、
因果なものだ、と思わないわけではない。

仕官の道を諦めたとはいえ、武士を捨てたわけではない。

陋巷《ろうこう》に暮らしていても、殺傷の具でしかない刀剣を手放すことができない。

小田半之丞と真剣勝負をすれば、おそらくは五分と五分、たとえ兵馬が先手を取ったとしても、半之丞の膂力で押しきられたら、無傷のまま勝てるとは思われなかった。

そうなる前に、新之介の江戸遊学を、実のあるものにしてやらなければならない、と兵馬は思っている。

「せっかく江戸に出てきたのだから、誰のものでもないおのれの眼で、江戸の実態を確かめるのだ」

兵馬はそう言って新之介を方々に連れ廻した。

「それはわかりますが……」

新之介は兵馬に問いかけた。

「鵜飼さまはどうして橋の下ばかり覗かれるのですか」

兵馬が新之介を引き廻すのは、決して江戸見物のためではない。

いまさら名所旧跡を連れ歩いても意味がないし、だいたい兵馬自身が、田舎者の喜びそうな江戸の名所や旧跡を知らなかった。

「橋の下には江戸の困窮が眠っているのだ」

「このようなところばかりを、わたくしに見せようとなさる意図はなんですか」

新之介にはいささか不満があるらしい。

鵜飼兵馬と御老中松平越中守定信は、ますます御昵懇の仲になっているらしい、という噂は江戸屋敷でも耳にしている。

御老中はお忍びで下屋敷に入り、鵜飼兵馬と酒を酌み交わして歓談しているらしい、という噂も聞いている。

それほど御老中と親しいなら、十六年前に脱藩した鵜飼兵馬の罪を許し、その代わりに幕閣との仲を取り持ってもらってはどうか、という意見まで出ているという。

弓月藩の抱えている悩みの第一は、藩祖以来の尚武を伝えてきた家風が、歴代の幕閣から疑惑の目で見られるようになっていることだった。

幕閣から遣わされた密使が、旅の武芸者を装って領内に潜入し、弓月藩の剣術指南役に御前試合を申し込む、などという常識では考えられないようなことも起こっている。

それも、尚武を尊ぶ藩主松平伊予守の癇癖《かんぺき》につけ込み、強談判《こわだんぱん》に近いやり方で、ねじ込んできたのだという。

それが十六年前のことだった。

弓月藩の剣術指南役を勤めていた鵜飼兵馬は、旅の武芸者を名乗る幕閣の密使を、藩主の眼の前で撲殺して伊予守の不興を買い、ついに脱藩して郷里を捨てた。

そのとき新之介はまだ生まれていない。

弓月藩と幕閣との暗闘はその後も続いている。

そのことを気に病む藩主、伊予守の病状はますます悪化し、執政の魚沼帯刀にとっては、財政難に苦しむ藩の行政にも増して、藩主の癇癖は悩みの種となっているという。

元藩士の鵜飼兵馬が、老中首座の松平越中守と昵懇の仲なら、長年にわたる弓月藩と幕閣との確執にも、一条の光明が見出されるかもしれない、という期待を抱く輩がいたとしても不思議ではない。

弓月藩の侍長屋に住んでいる新之介は、江戸藩邸で囁かれているそんな噂を知っているから、兵馬がなかなか御老中と引き合わせてくれず、入川（隅田川）、神田川、竪川、横川、小名木川、その他にも、江戸の街に網の目のように掘りめぐらされている、大小の掘割を訪ね歩き、その度《たび》に橋の下を覗き込んで、橋桁の下で菰《こも》にくるまって眠る窮民たちから、何かを聞き出しては、その度に悄然としていることに、不満を抱かずにはいられなかった。

「そなたは、弓月の藩政改革に、かかわりたいと申したな」

橋めぐりのために、江戸の街を歩きながら、兵馬は言った。

「はい。日夜苦しんでいる父を、少しでも助けたいと思うのです」

新之介は江戸遊学の初志を、忘れてはいないらしい。

「それにはまず、飢餓の実態を知ることだ。いくら藩政改革を唱えても、それがさらなる貧民を生み出すような政策では、どこかがまちがっていると言う他はない」

兵馬は暗に定信の政策を批判しているのだが、新之介はそれと気づかないらしかった。

「はい」

素直に答えている。

「いまは諸藩が、流行のように改革に取り組んでいるか、その改革から弾き出された者たちが、どのような暮らしに陥るのかと、考えてみたことはあるかな」

江戸の橋の下は、窮民たちの吹き溜まりになっている。

「さあ、そこまでは……」

新之介はそのことに気づかないのだろうか。

「そこまで考えられることではない、と言うか。たしかにその結果がどうなるかわからないのが改革というものだ。しかし改革を叫んで、かえって実態を悪化させるようなこともあるのだ。改革は必ずしも万能ではない」

兵馬は苦々《にがにが》しげに言った。

「お言葉ですが、これまでのやり方では行き詰まっているから、改革が必要となっているのではありませんか」

新之介は若者らしい意気込みを示した。

それは当たり前のことだが、掛け声だけに踊らされた改革の拙速さが、取り返しの付かない失敗を招くと言っているのだ、と兵馬はもどかしく思う。

「鶏が先が、卵が先か、そのあたりを議論しても埒《らち》はあかぬ」

窮するから改革に期待するのか。

見当外れの改革が、事態を悪化させるのか。

掛け声ばかりが空転している。

兵馬は新之介の顔を見ながら、諄々《じゅんじゅん》と説くように言った。

「水が四方八方にめぐらされているこの江戸には、至るところに数えきれないほどの橋がある。橋の下には、また数えきれないほどの不幸があると言ってよいだろう。むろん橋が不幸を呼ぶわけではない。貧窮に苦しむ者は、橋の下にでもわずかな憩いを求めるのだ」

これは兵馬の意見ではなく、奥州無宿の五助が言っていたセリフだった。

「実は、そなたに引き合わせたい男がいる。奥州無宿の五助といってな、つい最近までは入江町の始末屋に居候をしていたのだが、そなたが江戸に出てくる三日ほど前に、黙ってどこかへ消えてしまったのだ」

新之介はようやく疑問が解けたように微笑んだ。

「鵜飼さまが、いつも橋の下ばかり覗いておられるのは、その奥州無宿を捜しているのですね」

その瑞々《みずみず》しいしぐさが、なんとなく香織に似ているような気がした。

「そうとばかりは言いきれぬが、あの男は五年前に白河藩の領内を欠落《かけおち》して、食うや食わずで江戸に流れてきた潰れ百姓なのだ」

雑踏の中で赤沼三樹三郎を見て、異様に怯えていた五助の姿は、尋常なものとは思えなかった。

「いまから五年前と申しますと……」

新之介がまだ子どもだった頃のことになる。

あるいは子どもなりに、脳裏に刻み込まれた鋭利な記憶もあるのだろう。

はっと胸を衝かれたように黙り込んだ。

「そうだ。全国にわたって大飢饉に襲われ、数十万に及ぶ人々が、ガリガリに瘠せ細って餓死した年だ。連年の冷害に苦しんできた奥州は特にひどかった。奥州無宿の五助は、そのとき郷里を捨てて流民となった潰れ百姓の一人なのだ」

後に『天明の大飢饉』と呼ばれる飢餓状態は、数年にわたる天候不順が引き起こしたもので、もちろん未曾有《みぞう》の天災だったとはいえ、人災による甚大な被害が、この異常な飢餓に、追い討ちをかけたきらいもなくはなかった。

「しかし、あのとき奥州白河藩では、若くして藩主となられた越中守定信さまの采配よろしきを得て、御領内から一人の餓死者も出さなかったということではありませんか」

定信が『名君』と讃えられたのは、そのときからのことだ。

「よく考えてみれば、不思議ではないか。もっとも被害の甚だしかったはずの奥州で、越中守の白河藩だけが、一人の餓死者も出さなかったというのは」

天明の大飢饉の被害届けによると、津軽藩では、餓死者八万一千七百二人、斃《たお》れた馬は一万七千二百十一匹、荒れ田一万三千九百九十七町五畝、荒畑六千九百三十一町八反五畝と記録されている。

これは百姓の大半が餓死したため、田畑があっても耕作する者はなく、そのため津軽領内の田畑、三分の二が荒廃し、不毛な荒れ地として、放置されざるを得なかったのだ。

南部藩では、餓死者六万四千六百九十人、飢えに苦しんで他領へ流浪した者は三千三百三十人を数えた。

仙台藩では餓死者四十万人、五十六万五千石の大減収に陥ったという。

これは仙台藩の総石高の九割に当たり、米穀その他の生産は、ほとんど壊滅状態に陥っていたというべきだろう。

「あのとき、同じ奥州にありながら、ひとり白河藩のみが、餓死者を出すことがなかったのは、摩訶不思議としか言いようがない。そこにどのような仕掛けが隠されていたのか、大いに興味あることではないか」

兵馬にもそれが何なのかはわからない。

その仕掛けを施すため、陰働きをした者たちがいたにちがいないが、定信が溜間詰となって幕政に加わり、江戸城に常駐するようになった時期と軌を一にして、それらの者たちはひそかに抹殺されてしまったのだ。

そして暗殺者となって、もはや不要となった藩の重職たちを斬って、越中守の転身を助けた赤沼三樹三郎、青垣清十郎の影同心も、最後は巧妙な手口によって、あとかたもなく抹殺されてしまった。

天明の大飢饉のとき、越中守がどのような仕掛けによって、領内の飢餓を切り抜けたのか、その真相をわずかでも知っている者で、いまも生存しているのは、たぶん奥州無宿の五助だけではないだろうか、と兵馬は思っている。

奥州無宿の五助が、決して口を割らなかったのは、影同心と呼ばれた赤沼三樹三郎を、蛇蝎のごとく恐れていたからにちがいない。

潰れ百姓の五助に植え付けられた影同心への恐怖は、想像を絶するものであったのかもしれない。

しかし、青垣清十郎が死に、赤沼三樹三郎が死んだからには、五助が知っている大飢饉の真実を、あるいは一人の餓死者も出さなかった白河領の秘密を、口にすることも容易になったはずだ、と兵馬は思っている。

新之介が藩政改革にかかわってゆくつもりなら、飢饉の実態と、餓死者を出さなかった裏の仕掛けを、潰れ百姓の五助から聞いておくことは無駄ではない。

しかし、奥州無宿五助の消息は杳《よう》として知れない。

「あと五日……」

兵馬はしだいに焦りを感じだした。

「なんのことでしょうか」

新之介が怪訝そうに聞き返した。

胸の内で呟いたはずの言葉が、気がつかないうちに声になっていたとは、よほどゆとりを失っているのではないか、と兵馬は苦笑せざるを得ない。

残された日数はあと五日しかない。

五日後には、小田半之丞との果たし合いが待っている。

間に合うだろうか。

新之介の江戸遊学を無駄に終わらせたくはない。

たとえ奥州無宿の五助を捜し出すことができなくとも、兵馬と一緒に橋の下を尋ね廻った日々のことが、新之介の記憶にすこしでも焼き付いていれば、この子がいつの日か藩政に携わり、橋を架け、道を通し、新地を開くような立場になったとき、橋の下に憩う窮民たちのいっときの安らぎを、奪うようなことはしないだろう。

「たぶん、あと五日もすれば……」

兵馬は別なことを言った。

「この橋の下にも、無宿人たちの姿はなくなるだろう」

新之介は眼を輝かせた。

「石川島に造られた人足寄場のことですね」

これまで無宿人を収容していた浅草溜まりは、手狭になったうえに、不潔な小屋掛けに病気が蔓延し、溜まりにぶち込まれたら生きて帰れない、と無宿人たちから恐れられた。

おかげで窮民を救うはずのお助け小屋は、まるで刑場のように忌み嫌われ、取り締まり役人の眼を逃れた無宿人どもは、江戸中の橋の下をねぐらに選び、しばしば縄張り争いさえ起こるようになった。

これでは治安上思わしくない、いや風紀上芳《かんば》しくない、あれでは犯罪の巣窟を野放しにしているようなものだ、いかにも見苦しい、江戸の市中から穢れを排除せよ、これでは婦女子が出歩くことも危険になる、いや、屈強な男でも襲われて、身ぐるみ剝がれた例もある、将軍さまのお膝元で、叛乱分子を見逃しにするのか、などと、あることないこと、さまざまに取り沙汰されているうちに、これが老中首座松平越中守の耳に入り、山師といわれてあまり評判がよくなかった旗本、長谷川平蔵宣以《はせがわへいぞうのぶため》の進言もあって、石川島と佃島の中間にある中州を埋め立てて、そこに人足寄場を設置することになった。

無宿人は必ずしも犯罪人というわけではない。

江戸の犯罪人は、海を隔てた八丈島や、伊豆の大島に流されるのが決まりで、いずれも容易に島破りができないような、絶海の孤島に送られたが、鳥も通わぬ遠島に隔離することで、罪人を江戸の町と切り離し、彼らを江戸とは別な世界に追放することによって、犯罪の実体を眼に見えないところに追いやり、犯罪の根源を隠蔽したのだ。

言いかえれば、絶海の孤島は、犯罪の捨て場だったのだ。

石川島の人足寄場も、考え方としてはそれと大差はなかった。

幕府は天明の大飢饉によって急増した、貧困や穢れを、眼に見えるところから一掃して、大川の水に隔てられた、人工の島に隔離しようとしたのだ。

それは貧困や穢れの隠蔽であって、貧困や汚れの解消ではない。

「奥州無宿の五助は、橋の下には一時《いっとき》の安らぎがある、と言っていたが、橋の下で寝ていた無宿人たちが、ことごとく石川島の人足寄場に送られるようになれば、あの者たちに残されていた最後の安らぎさえ、奪われてしまうことになるのだ」

ほとんど無宿人と変わらない宿なしの身になった兵馬には、奥州無宿五助の気持ちもわからなくはない。

五助は浅草溜まりにぶち込まれることを、まるで刑場にでも送られるように恐れていた。

橋の下から橋の下へと、渡り歩いていた五助の暮らしは、毎日が逃避行であった、と言えるかもしれない。

「橋の下から無宿人が一掃されたら、江戸の町はすっきりとして綺麗になります。無宿人たちも宿所を与えられ、仕事まで覚えられるわけですから、やがて再生することも夢ではありません。越中守さまの改革は、着々と成果をあげているわけですね」

新之介はまだ『名君』に入れあげているらしかった。

「ところが、人足寄場に入れられることを、ありがたがっている無宿人は、誰もいないということだ。いく晩も同じ橋の下に寝ていれば、寄場送りにされるという噂もあり、無宿人たちはそれを恐れて、転々と寝場所を移しているらしい。しかし、あと五日もすれば、江戸中の無宿人たちは、ことごとく寄場に集められて、橋の下に寝ている菰かぶりは、一人もいなくなるだろう。そうなれば五助は、最後の安らぎの場を失って、どこかで餓死を待つより他は、なくなってしまうにちがいない」

寄場に送られるくらいなら、五助は餓死することを選ぶだろう。

「なぜでしょうか」

いまも『名君』にあこがれている新之介には、世間にはそういう男がいることを、理解することができないらしい。

「人は縛られることを嫌う」

兵馬もその一人だという自覚がある。

「中には命懸けで抵抗をしようとする者まであらわれてくる」

なにも由井正雪や、丸橋中弥のように、江戸の街に火を放って、武力蜂起を企てようとする、物騒な連中ばかりではない。

非力で、意気地なく、いつもオドオドしているような、どうしようもなく臆病な連中でも、おためごかしに縛られることを嫌って、なんの勝算もないままに、拘束されるくらいなら、逃げ出そうという者だって、いないことはないのだ。

「たぶん奥州無宿の五助も、そういう男たちの一人だったのだ」

もし五助がこのまま見つからず、どこかで餓死するようなことになれは、天明の大飢饉を乗りきった『名君』松平越中守定信の裏工作が、どのような仕掛けであったのか、知るための手だては失われてしまうだろう。

しかし、定信と『歓談』した後の印象では、それほど悪い男とは思われず、冷血非情な裏工作を、平然と遂行できるような、陰湿な策謀に満ちた男でもなさそうだった。

あるいは、指令を下す定信と、それを実行する藩の重職たちでは、別種の論理が働いているのかもしれなかった。

定信の曖昧な思いつきも、藩の要職にある者が、それを実行に移すときには、厳しい制約を課すことになる。

さらに下役に実行させるときには、より苛酷な制約が付け加わる。

その末端で汚れ役を請け負っていた、赤沼三樹三郎や青垣清十郎は、残虐無惨とも言えることをさせられてきた。

赤沼三樹三郎や、青垣清十郎が、冷血非情、残虐無惨な男であったわけではない。

その人柄と行為とは、往々にして乖離《かいり》していることがある。

残虐行為というものは、おそらく善人の思いつきに善人が従い、より忠実に実行しようと、小手先の変形をすることによって生じるのだ。

だから善人がまちがって悪をなすわけではなく、善人ゆえに悪をなすのだ。

悪人はたぶん善をなそうとしないから、悪をなすつもりで善をなすこともあり得るが、善人が善をなしているつもりで、途轍《とてつ》もない悪をなしてしまうほど、始末の悪いことはない。

「そこに『名君』伝説の落とし穴がある」

もう間に合わないかもしれない、と思うから、兵馬は新之介の思い込みに対して、これまでのように遠慮することはなかった。

「それは越中守さまのことを、批判されているのですか」

新之介はめずらしく反発してきた。

おのれが信じていることを否定されるほど、憤懣やるかたなく感じることはない。

「そなたは、これまで何を見て来たのだ」

兵馬はつい厳しい言い方をして、これはまずいな、と思いながらも、

「何を見てきたのか、と聞いておる」

新之介への追及をやめようとはしなかった。

「橋の下に住んでいる、困窮した人々です」

あの者たちがなぜ困窮したのか、その理由を考えたことがあるか、と兵馬は手綱をゆるめずに言った。

「故郷を捨てて、流民となったのです」

「それがどういうことなのか、そなたにはわかるか」

「わかると言ったら、不遜に聞こえるかもしれません。わからないとお答えした方が、わたくしの気持ちに近いものがあります」

新之介はようやく自分の頭で考え始めたようだった。

「彼らはそこに住んでいるわけではない。ただ仮の宿りを求めているだけだ」

そうです、その理由をいま考えているところです、と新之介は答えた。

兵馬は表情を和らげた。

「これ以上、何を説明する必要があるだろうか。あとはそなたが見たことを、これからも咀嚼してゆくことによって、みずからの血肉に加えてゆくのだ」

はい、と新之介は素直に答える。

「彼らは、なぜそこにいるのか」

安らぎを求めて。

ただそれだけだろうか。

「彼らは、なぜそこに来なければならなかったのか」

食い詰めたから。

ただそれだけのことだろうか。

「彼らは、いま何をしたらよいのか」

働こうにも、仕事はない。

では、どうしたらそれを解消できるのか。

「彼らは、どこへ行こうとしているのか」

希望の明日へ、
と答えたいところだが、
それが見出せないから、

ここにいるのではないのか。
でも、やはり、
希望の明日へ、
と答えたい。
「そうではありませんか」
と新之介は兵馬に言った。

六

弓月藩に帰る新之介を、兵馬とお艶は内藤新宿まで見送った。

思いがけないことから、小さな旅をすることができたわ、と言ってお艶は喜んでいる。

考えてみれば、兵馬と一緒にどこかへ出かけたのは、お艶にとって、ほんとうに初めてのことだったのだ。

あと三日が残っている、と兵馬は思った。

鹿島新当流小田平之丞と約束した、果たし合いの日だ。間に合ったのか。

それとも時間切れか

新之介との橋めぐりが、いきなり打ち切られたのは、奥州無宿の五助を捜し当てたからではない。

「明後日には、お別れしなければなりません」

兵馬の顔を見ると、いきなり眼をうるませて新之介は言った。

「郷里の父から書状が届きました。藩の予算にゆとりはない。いつまでも遊学させるだけの金策も立たない。昌平坂学問所が再興されるのは、いつの頃かわからない。すぐに帰って来るように、という内容でした」

江戸留守居役の市毛平太照信が、江戸屋敷にいれば、さして経費もかからない、せっかく出てきたのだから、もう少し江戸にいて学んだらどうか、と勧めてくれたが、新之介はそれを断って帰郷することにした。

「市毛どのは引き留めてくれましたが、江戸屋敷は経費がかかりすぎるということで、ほとんどギリギリまで切り詰めた暮らしをしているのです。わたくし一人を養うだけで、予算の組み直しをしなければなりません。せっかくのご厚意ですが、遠慮させてもらいました」

その件に関しては、新之介は意外なほどサバサバしていた。

「よく学んだ、と自分でも思っています。欲張ったらきりがありません。最初の江戸遊学としては、これくらいで充分でしょう」

江戸屋敷では市毛平太から経書を借りて、夜昼の別もなく読みふけっていたという。

「しかし、わたくしがよく学んだと申すのは、そのことではありません。経書を読むだけなら父の元でもできます。わたくしが学んだのは、橋の下の困窮です。そして自由の意味です。わたくしが国元を出るとき、父が言ったことはほんとうでした。鵜飼さまからは、言い尽くせないほど、多くのものを学ばせていただきました」

新之介に真っ正面から礼を言われて、兵馬は照れ臭そうに苦笑した。

「わたしは、そなたの若い芽を、摘み取ってしまうのではないかと恐れていたのだ」

どうやら新之介は、兵馬が思っていた以上に逞しく育っているらしい。

「安心した」

と言って兵馬は笑った。

間に合ったのだ、と兵馬は思った。

「いつまで送っていただいてもきりがありません。もうこの辺で結構です」

新宿追分まで来たところで、名残惜しそうに新之介が言った。

四ッ谷御門を出て、麹町を横断している街道をまっすぐ西へ進むと、伊賀町、忍町、塩町を通って、玉川上水の御改場に出る。

そこには水番所があって江戸の上水道の水質を管理している。

玉川御上水御改場の南には、広大な内藤駿河守の下屋敷があって、枝葉を存分に広げた巨木が茂り、まるで深山幽谷にでも入ったように鬱蒼としている。

ここを内藤新宿と呼ぶのは、もちろん内藤駿河守の下屋敷があるからだが、信州高遠藩はわずか三万石の小大名なのに、下屋敷の敷地は、内藤新宿の宿場町の数倍の広さがある。

水番所の脇には大木戸があって、昔はここまでが朱引き内だったが、いまは大木戸の外に宿場町が広がっている。

新宿芸者の野趣が好まれて、江戸の通人たちの中には、わざわざ内藤新宿で芸者遊びをするために、泊まりがけの小旅行をする者もいるという。

宿場の常として遊廓もあり、これも女たちの、野趣というよりも、むしろ野卑なところに人気があって、吉原よりも面白い、と言う遊び好きな数寄者もいる。

内藤新宿の大木戸を出ると、すぐのところに理性寺があり、さらに西へ進むと新宿下町に出る。

宿場町の南側に、長大な土塀が連なっているのは内藤駿河守の下屋敷で、しばらくゆくと下屋敷に通じる中門がある。

新宿下町の北に広がっているのが新宿百人同心の組屋敷で、別名を二十五騎とも呼ばれ、江戸城外郭を守備している西端の固めだった。

兵馬とお艶は新之介を中に挟んで、新宿仲町を通って新宿上町を抜け、宿場町の西外れに出た。

そこが新宿追分で、まっすぐ西へ進めば青梅街道、天竜寺の山門に向かう広小路を、少し南下したところで、やや西南の方向に延びているのが甲州街道だ。

広小路の南端には、江戸に入る旅人の心得を記した高札が立てられている。

新之介は新宿追分から甲州街道に入り、今日は調布か府中で宿を取るつもりだという。

「新之介さんは若くて元気だから、八王子宿までは行けそうよ」

お艶は威勢のいいことを言ったが、実は新宿から西には足を運んだことがなく、八王子までどのくらいの距離があるかを知らないのだ。

「それはいくらなんでも無理ですよ。急げば日野宿までは行けるかもしれませんが、せめて府中まで出られたらよい方でしょう」

新之介は自分から別れを言いだしたくせに、なかなか先に行こうとはせず、天竜寺の山門のあたりでぐずぐずしている。

「ねえ、今日は一緒に調布までお送りして、そこで一泊しようじゃありませんか」

お艶はうきうきとした声で兵馬の顔をふり仰いだが、兵馬は無言のまま立ち止まって、追分から先まで見送る気はないようだった。

新之介は甲州街道に足を踏み入れながら、何度もふり返ってお辞儀をしている。

甲州街道の始まりは片町で、南側には内藤駿河守下屋敷にめぐらされた堀の土手が続いている。

土手に咲く野の草に身体が隠れそうになったとき、新之介は兵馬をふり返って何かを叫んだ。

背後から馬蹄の響きが聞こえてくる。

新之介の視線をたどってふり向くと、大木戸の方面から、漆黒の悍馬《かんば》に乗って走ってくる若武者の姿が見えた。

宿場町の雑踏の中に乗り入れても、若武者は騎乗したまま、巧みに手綱をさばいて、馬のあゆみを休ませようとしない。

「無茶なことをする」

兵馬が眉をひそめると、

「あれは、小袖ちゃんよ。やっぱり新之介さんの見送りに来てくれたのだわ」

お艶が嬉しそうに手を振った。

湖蘇手姫は先日のお姫さま姿とは打って変わって、若衆髷に結った凛々《りり》しい姿に、乗馬用の括り袴を穿き、腰には大小の刀まで差している。

湖蘇手姫の姿を見て、新之介が大急ぎで甲州街道を駆け戻ってきた。

「やっと間に合ったわ」

湖蘇手姫は馬上でほつれ毛を掻き上げながら、にっこりと笑った。

「新之介どのが郷里へ帰られると聞き、わたくし、お見送りに参りました」

姫は半ば男のような口調で言ったが、途中から妙に女っぽい声になってしまった。

「こんど江戸に出て来られるのは、いつでしょうか」

「わかりません。でも、これが終わりではありません」

「そのときまで、待っています。きっとですよ」

姫は手綱をぐっと引き絞ると、馬の鼻面を回して大木戸の方へ向けた。

「次に来られたときは、根津の屋敷までお越しください」

言い捨てると、湖蘇手姫は長い黒髪をなびかせ、大木戸に向かって馬を駆けさせた。濛々とした砂塵を巻き上げて、颯爽と騎乗する姫の姿は、たちまち視界の外に消えていった。

「父上」

まだ余韻が残っている馬蹄の響きの中で、新之介の声を聞いたような気がした。

ふり向くと新之介が、白い歯を見せてにっこりと笑った。

「父上、と呼ばせてください」

兵馬は狼狽《うろた》えた。

新之介は出生の秘密を、知ってしまったのだろうか。

「そなたの父上は、弓月藩におられるではないか」

「はい」

新之介は答えた。翳りも屈折もない。

「国の父は国の父。鵜飼さまには、江戸の父となっていただきたいのです」

七

半之丞との約束どおり、兵馬は明け六ツの鐘を合図に十万坪に行った。

深川の東端にある十万坪は、かつて海の底に沈んでいた荒れ地を埋め立てたもので、まだ地盤が弱くて建物も建たず、ほとんどが塩の沁みた砂地なので、ろくな作物も育たなかった。

ここを荒れ地のまま放置しているのは、地質が落ち着くのを待つためで、荒れ放題のまま雑草を繁らせ、潅木を放置することで、ゆるい地盤を固めようとしているわけだ。

十万坪の南には六万坪があって、これも同じように荒れ地のまま放置されている。その北には八右衛門新田が広がっているから、砂地から塩気が抜ければ、ここも田圃として利用できるのかもしれない。

十万坪の西隣は一橋家の下屋敷だが、地質は十万坪と大差ないので、広大な一橋家の下屋敷も、半分は荒れ地のまま残されている。

近頃は入会新田となって、近隣の百姓たちに稲作をさせているが、あまり収穫は上がっていないらしい。

いまでも大半は塩気の多い海辺の荒れ地として、放置されたままになっているのが実状だった。

兵馬が果たし合いの場所として十万坪を選んだのは、以前、お艶の地盤を狙っていた博徒の伊助《いすけ》と、甲州屋路地の利権をめぐる争いに巻き込まれ、ヤクザ者の博徒たちと、大立ち回りを演じたことがあるからだった。

砂地には蔓草が茂って足を取られやすく、鋭い踏み込みが利かず、間合いを取りにくいが、それに慣れてしまえば、逆に武器として使うこともできる。

兵馬は袴の裾を括って動きやすい格好をしているが、さすがに襷は掛けずに懐に入れてきた。

十万坪は朝霧にけぶっていた。

もともと海辺の埋め立て地なので、どこからともなく海嘯《かいしょう》が聞こえてくるが、いまは海岸線が遠離っているので、波の音もはるかに遠い。

兵馬は佩刀を替えていた。

これまで愛用してきた『そぼろ助廣』ではなく、十日前に定信からもらった『小田原相州』だった。

定信の与太話を鵜呑みにしたわけではなかったが、刃こぼれした『そぼろ助廣』では、強敵と戦うのは不利だと判断したのだ。

兵馬が襷を掛け終わる頃、前方の白い朝霧が潮の流れのように動いて、見覚えのある巨漢がゆっくりと姿をあらわした。

「よしよし、臆せずに来たか」

小田半之丞は茜色の襷を掛けていた。

袴の裾が濡れているところを見れば、霧の深い十万坪の荒れ地を、ずいぶん早くから歩き廻ったものらしい。

「捜したぞ。明け方の十万坪が、これほど霧が深くなるとは知らなかった。おぬしの姿を捜すのに、うんざりするほど手間取ったわ。臆して逃げたのかと思うところであった」

「おぬしはここに来なくてもよかったのだ。半刻ほど待ってもおぬしが来なければ、わたしは黙って引き上げるつもりだった。おぬしはわたしの姿など見ない方がよかった」

遠く微かに、明け六ツの鐘が鳴っていた。

この鐘が鳴り終わらないうちに、生死が分かれることだろう。

「いつでもよいぞ」

小田半之丞が絞り出すような声で言った。

「もう始まっている」

兵馬が言ったのは、おたがいの顔を確認したときから、すでに果たし合いに入っているということだった。

「洒落《しゃら》くさいことを。勝負は『鞘の内』と言うか」

小田半之丞は吐き捨てるように怒鳴ったが、この一言が命取りになった。

兵馬は『小田原相州綱廣』を抜いて下段に構えている。

下段といっても腰の高さで刀身は左脇に寄せて、斜め後ろに引くような構えだ。

上段は空いている。

右肩も空いていた。

半之丞は上背を生かして、三尺三寸の長剣を上段に構えている。

敵を威嚇して、全身を覆い尽くすような威圧感を与える。

半之丞はゆっくりと剣を下ろして正眼に構える。

三尺三寸の長剣は、半之丞の膂力がなければ、自在に扱うことは難しく、刀身の重みでどうしても動きが鈍くなるので、膂力の足りない者が遣うと敵に先手を取られやすい。

上段の構えを取れば、長剣の懐に飛び込まれたら為《な》す術《すべ》もなく、胴はほとんど無防備になってしまう。

長剣を正眼に構えれば、まるで槍を突き付けるような威圧感で、ぐいぐいと前に進んで敵を壁際まで追い詰めてゆく。

半之丞は上段の構えと中断の構えを交互に繰り返しながら、兵馬の虚を見つけて一気に勝負を付けようと狙っていた。

むろんその間も両脚は交互に地を滑って、少しでも有利な地歩を得ようとして動きを止めない。

剣客は足の裏で思考するとも言われている。

あるいは足の裏ですべてを見る、と言いかえてもよいかもしれない。

小田半之丞の足の裏は、十万坪のもろい地質を読み取っていた。

踏ん張りが利かない地面なら、足で跳ね上がるより、腕力にまかせて長剣を振るう方が確かだろう、と足の裏は思考している。

半之丞は敵との距離を測っていた。

このもろい地質で足の動きが止まれば、膂力に優れた半之丞の方が有利に試合を運ぶことができる。

長剣の利も充分に働くことができるだろう。

敵を端境《はざかい》に誘い込めば、ただの一撃で勝負は決まる。

こちらから動くか、と半之丞ほぼ勝利を確信して思いをめぐらす。

たぶん敵は動けまい。

半之丞は、剣の構えを正眼から上段に上げて、右足をつつっと滑らして、摺り足で半歩ばかり前に進んだ。

兵馬はこの瞬間を待っていた。

定信に手抜きの剣と言ったように、みずからは動くことなく相手の動きにまかせ、瞬時の隙を見つけて、そのわずかな隙間に向かって刀身を叩き込む。

兵馬の足がすばやく動いた。

かなり崩れているが、無外流の走り懸かり。

秘伝でも奥義でもない普通の剣だ。

ただ速さだけが違っていた。

兵馬は鋭く踏み込んで、利き足を軸にし、左下に伏せていた刀身を右上に跳ね上げる。いわゆる下段から斬り上げる逆袈裟だ。

跳ね上げた剣は敵の胴を斜めに斬って頭上に抜ける。

この時点で敵は致命傷を負って、もはや屍体同然になっている。

逆袈裟に斬り上げた剣は、敵の頭上ですばやく反転し、渾身の力を込めて袈裟懸けに斬り下ろす。

これが『飛剣夢想崩し』の動きだが、かなり眼の利く剣客でも、肉眼では兵馬の遣う剣の速さを捉えることはできない。

その一瞬で、兵馬の剣は半之丞を両断している筈だった。

ところが、半之丞の胴を斬り上げたとき、刀身に何か異常を感じたが、渾身の力をふるって斬り下げると、鍔元から三寸ほどのところで、ぽきりと折れてしまった。

兵馬は焦った。

鍔元から刀身が折れた柄だけの剣では、小田半之丞の鋭い打ち込みを、斬り返すことはできない。

上段に構えていた半之丞の三尺三寸は、兵馬の頭蓋骨を西瓜のように斬り割るだろう。

兵馬は観念して眼を瞑った。

生涯に出遭ったさまざまな出来事が、瞬時にして脳裏を駆けめぐる。

その瞬間が、なんと長いことか、と兵馬は思う。

ところが、半之丞の長剣は兵馬を襲わなかった。

兵馬は眼を開いた。

半之丞は、一間近く吹っ飛んで、野獣の咆吼にも似た恐ろしい声で呻いている。

兵馬にもようやく事情が見えてきた。

定信の前で行われた立ち合いが、ここ十万坪でも再現され、ほとんど同じような剣の動きが双方にあった。

あのとき、凄まじい太刀風をあびて吹っ飛び、そのまま昏倒してしまったのは兵馬だが、いま吹っ飛んで、恐ろしい呻き声をあげているのは半之丞だった。

兵馬は折れた刀身を捜した。

三間ほど向こうに光るものがあり、近づいてみると、それが鍔元三寸のところで折れ飛んだ『小田原相州伊勢大掾綱廣』の切っ先だった。

定信が、折れやすい、と言った大坂物の新刀は、刃こぼれはしても折れることなく、実戦で鍛えられていると自慢した古刀は、ただ一度の撃剣で、鍔元から折れて吹っ飛んだ。

皮肉なものだ。

た。

兵馬はゆっくりとした足どりで、砂地に斃れている小田半之丞のところに歩み寄った。

三尺三寸の長剣は、半之丞から二間ほど離れたところに投げ出され、犬の糞で汚れた泥と砂にまみれている。

兵馬は半之丞の傷口を確かめようとして抱き起こした。

妙な手ざわりがしたので、斬り裂かれた胸を開いてみると、半之丞は小袖の下に、明珍が鍛えた鎖帷子《くさりかたびら》を着ていた。

「おれは『古流』の伝承者だ」

半之丞は恐ろしい声で呻いた。

「古武道は、戦国の世に工夫された戦場の格闘技だ。甲冑を着けて戦うのが『古流』の基本だ。小袖の下に鎖帷子を着けるのは『古流』を守る武士の心得。これが正しい作法なのだ」

兵馬が見たところ、明珍の鎖帷子は意外に頑丈で、半之丞の身体には、どこにも斬り傷はないようだった。

ただ、肋骨の二、三本はへし折れているかもしれないな、と兵馬は思った。

「わかった、わかった。医師の治療を受ければ、命に別状はないはずだ。あまり喚くと、いらぬ出血が増えるぞ」

兵馬がいくら命の保障をしてやっても、

「だから、おれは卑怯者ではない。『古流』の伝承者として、なんら恥じるところはない」

鹿島新当流の継承者は、いつまでも大声で喚き散らしている。

未練な、とは兵馬も思わなかった。

半之丞が選んだのは、権門への士官ではなく、剣の道に生きることだということがわかったからだ。

それにしても……、と兵馬は思った。

こやつが悟りの境地を得るまでには、これからもさまざまな試練が必要だな。

兵馬にしても、まだまだ悟りなどとはほど遠いところにいる。

明け六ツを告げる最後の鐘が鳴り終わった。

にわかに静寂が戻ると、白く漂っている朝霧の彼方から遠い海鳴りの音が聞こえてきた。

朝霧はますます濃くなって、白い激流のように渦巻きながら、兵馬の姿を押し包んだ。

時代小説
二見時代小説文庫

無《む》の剣《けん》 御庭番宰領《おにわばんさいりょう》5

著者 大久保智弘《おおくぼともひろ》

発行所 株式会社 二見書房
東京都千代田区三崎町二－一八－一一
電話 〇三－三五一五－二三一一［営業］
〇三－三五一五－二三一三［編集］
振替 〇〇一七〇－四－二六三九

印刷 株式会社 堀内印刷所
製本 ナショナル製本協同組合

落丁・乱丁本はお取り替えいたします。
定価は、カバーに表示してあります。

 ISBN978－4－576－10054－8
http://www.futami.co.jp/

二見時代小説文庫

無茶の勘兵衛日月録 シリーズ1～9
浅黄 斑

とっくり官兵衛酔夢剣 シリーズ1～3
井川 香四郎

十兵衛非情剣 シリーズ1
江宮隆之

御庭番宰領 シリーズ1～5
大久保智弘

大江戸定年組 シリーズ1～7
風野真知雄

もぐら弦斎手控帳 シリーズ1～3
楠木誠一郎

栄次郎江戸暦 シリーズ1～4
小杉健治

五城組裏三家秘帖 シリーズ1～2
武田櫂太郎

口入れ屋 人道楽帖 シリーズ1～2
花家圭太郎

目安番こって牛 征史郎 シリーズ1～5
早見俊

居眠り同心 影御用 シリーズ1
早見俊

天下御免の信十郎 シリーズ1～6
幡大介

柳橋の弥平次捕物噺 シリーズ1～5
藤井邦夫

つなぎの時蔵覚書 シリーズ1～4
松乃藍

毘沙侍 降魔剣 シリーズ1～4
牧秀彦

日本橋物語 シリーズ1～6
森真沙子

忘れ草秘剣帖 シリーズ1～3
森詠

新宿武士道 シリーズ1
吉田雄亮